# ARCHIPEL

## PIERRE LOUŸS

Edition : Culturea (culurea.fr), 34 Hérault
Contact : infos@culturea.fr
Impression : BOD, Norderstedt (Allemagne)
ISBN :9791041814060
Date de publication : juillet 2023
Mise en page et maquettage : https://reedsy.com/
Cet ouvrage a été composé avec la police Bauer Bodoni

# ARCHIPEL

## PREMIÈRE PARTIE

### LA NUIT DE PRINTEMPS

Assise dans son manteau léger, derrière la porte du jardin, Néphélis parée attendait.

La nuit sous les arbres était si profonde, que les yeux ne voyaient pas la main, et que seule la senteur des feuilles révélait leur présence obscure. Tout dormait, les hommes lointains, les oiseaux cachés, les ramures invisibles. Le silence de la terre était pur comme le noir de l'ombre. Néphélis immobile se tenait les doigts unis sous le genou, et la tête droite.

Elle ne voulait pas bouger. En épouse inaccoutumée aux artifices des séductions, elle ne remuait pas un pli de son manteau, de peur que les parfums de son corps ne se perdissent au souffle du geste. Et sachant bien qu'elle était venue trop tôt, elle attendait avec patience, satisfaite d'être là, enivrée d'espoir.

Doucement, un doigt frappa la porte au dehors.

—Déjà!

Sans bruit, elle ôta la lourde barre et fit tourner la porte sur ses gonds huilés. Elle entendit un pas sur la grève, mais ne vit rien, que la nuit noire.

—Ne me cherche pas, murmura-t-elle, je suis là. Je te précède, viens vite, j'ai peur des esclaves et qu'on ne nous épie. Suis-moi. Au sortir des fourrés, tu verras un peu mon ombre.

Elle marcha sur la pointe du pied. Ses petites sandales se posaient à peine sur le sable ou la mosaïque. Une branche qu'elle effleura la fit frémir; ce ne fut qu'un bruissement furtif entre deux vastes silences, et les fleurs remuées secouèrent leur parfum.

La première, elle entra dans la chambre, courut jusqu'à la niche où elle avait mis un rhyton sur la lampe de terre pour la voiler sans l'étouffer et dès qu'elle eut un peu de lumière, elle se retourna:

—Dieux! fit-elle. Dieux! Dieux! Dieux! ce n'est pas lui!

L'homme s'était avancé jusqu'au milieu de la pièce. Elle recula vers le mur que son dos frappa brusquement et ses mains retournées errèrent sur la paroi.

—Qui es-tu?

—Je ne suis pas lui, tu viens de le dire. N'es-tu pas assez renseignée? Il y a lui, n'est-ce pas, et le reste du monde. Moi, je suis le reste, l'humanité, la foule, ce dont on ne veut pas.

Néphélis le regardait, presque défaillante. C'était un homme osseux, hirsute et barbu, et d'autant plus barbu qu'il était maigre. Sa tête semblait faite de poils. Quatre grandes dents manquaient à sa mâchoire supérieure, si bien que sa barbe avalait sa moustache et ce détail était horrible. Son cou étroit sortait d'un manteau de bonne laine, assez malpropre et bizarrement drapé. Ses jambes paraissaient plus courtes que le torse. Il n'était ni grand, ni petit, mais la lampe posée sur le sol doublait son corps d'une ombre immense, dont la moitié couvrait la muraille et l'autre le plafond.

Il se croisa les bras violemment, en fourrant les mains sous les aisselles.

—Ha! dit-il, le lit parfumé! des pétales de roses! une amphore de vin frais! On attendait quelqu'un, si l'on ne m'attendait pas! Quand le mari fait la guerre, la femme fait la débauche... Ha! ha! Des couronnes fleuries!... Mais je sens une odeur de myrrhe qui est à donner la nausée.... Et cette lampe qui a fumé noir... Cela sent la prostitution chez toi, m'entends-tu?... Holà! quille ta robe et fais ton métier! Voilà une drachme.

Lancée a travers la chambre, la pièce d'arpent frappa Néphélis au ventre. Elle étouffa un cri.

—Misérable! dit-elle d'une voix blanche. Tu sauras ce qu'il en coûte de me parler ainsi: Oui, j'ai un mari, et j'ai un amant; mais la porte du jardin s'est rouverte, mon amant est là, dans l'allée, il vient, il approche, et s'il te trouve ici, tu seras tué comme un ver.

—Il me tuera? fit l'inconnu. Qu'est-ce que cela me fait? Je suis mort depuis cent ans. Tu me demandais mon nom? Je suis le Roi d'Égypte, embaumé.

Néphélis se passa lentement la main sur le visage comme pour y sentir le long froid de la Peur...

—Je suis perdue, se dit-elle. C'est un fou.

L'homme, la voyant pâlir, reprit en souriant:

—Ne crie pas, belle amie, où je te tue toi-même; et pour toi qui n'es pas morte, ce sera bien autre chose que pour un cadavre comme le mien. Regarde ma chair de momie.

D'un mouvement brusque, il détacha, tous ses vêtements, et se dressa nu.

—Tu disais tout à l'heure, que la porte s'était rouverte. C'est impossible. La barre est mise. Personne n'est dans le jardin, personne dans l'allée. Fais ton métier, ma fille, je t'ai donné une drachme. Et ne crie pas, ou, par Dzeus! je te tue immédiatement.

La mort, Néphélis l'eût acceptée en cet instant. Son effroi dépassait de beaucoup celui qu'éveille chez les mourants la vision de l'éternel Léthé... Mais la mort par cet homme, oh! c'était pire que tout!

Elle ne cria pas.

Dans un effort de tout son être, et se souvenant qu'il ne fallait pas contrarier les insensés, elle exhala quelques phrases, à peine articulées par sa langue sèche et froide:

—Oui, tu es le Roi d'Égypte... tu es couvert de bandelettes... Mais il n'est pas digne de toi, Seigneur, de t'arrêter chez ta servante... Veux-tu que je te montre la route?... Tes reines, plus belles que des femmes, chantent aux portes du jardin.

Le fou bondit:

—Roi! Roi! Billevesée! Roi! Qui a dit que j'étais Roi? Est-ce que je ressemble à un homme? Ne voit-on pas que je suis dieu? Et comment serais-je entré ici, pauvre sotte, si je n'étais pas dieu? La porte est fermée, je te l'ai dit, la barre est dans les crochets. Je ne suis pas entré par la porte. Je suis l'émanation de cette amphore noire. Je suis Bakkhos! Bakkhos! Bakkhos!

Il campa sur sa tête la couronne de roses et se mit à danser avec frénésie.

Insensiblement Néphélis se glissait le long de la muraille, essayait de gagner l'endroit où elle pourrait s'enfuir. Le fou ne la voyait plus, il tournait sur lui-même en s'étourdissant dans l'ivresse de sa bacchanale; mais, comme elle se penchait vers la serrure, elle sentit la main osseuse qui s'abattait sur son épaule. Pour la première fois il la touchait. Elle recula de nouveau jusqu'au fond de la chambre.

—Hé! dit-il en s'arrêtant. Ta peau est fraîche, ma fille. Comment n'es-tu pas encore dévêtue? Quitte ta robe! Je t'ai payée.

Il marcha vers elle, et de la robe lâche et fine il dégagea un sein.

Néphélis s'acculait au mur. Elle voulait parler, mais pas un mot ne sortait du tremblement de ses lèvres épouvantées... Le fou prit en ses doigts l'admirable sein, et pressa: quelques minces fusées de lait jaillirent.

A cette vue, il pâlit. Sa voix s'altéra et devint celle d'un petit enfant.

—Maman! s'écria-t-il. Maman! Pourquoi depuis cent ans ne m'as-tu pas nourri? Que t'ai-je fait pour que tu donnes ton sein à un autre, à un autre que tu attends dans un lit de roses et d'aromates? Est-ce parce que je n'ai plus de dents que tu ne veux plus nourrir ma bouche? Maman! pourquoi m'as-tu quitté?

Et, paralysant des deux mains les bras de Néphélis éperdue, il jeta ses lèvres sur le mamelon, il suça comme un altéré.

Un sursaut d'horreur souleva la poitrine de la jeune femme:

—Monstre! c'est à mon enfant, ce lait que tu bois!

Elle se dégagea et prit l'homme à la gorge; mais, en un instant, elle fut domptée.

—Hé! hé! dit-il. Je t'avais prévenue qu'on ne pouvait pas tuer un mort. Au contraire tu vas voir comme il est facile de faire mourir une femme vivante... Ha! ha! Non! ne crie pas. Je ne te tuerai point. C'est un jeu, c'est une fête. Donne-moi ton bandeau.

Il arracha, en effet, le bandeau de la longue chevelure qui tomba silencieusement, et saisissant en arrière les deux poignets de Néphélis, il les garrotta fortement sur les reins.

La jeune femme claquait des dents. Encore une fois, elle aurait voulu crier, mais un dernier espoir la soutenait... La porte du jardin n'était pas bien fermée... Il allait venir, l'amant, le sauveur; il la délivrerait... Ah! comme elle l'attendait! Dans quel élan désespéré toutes les énergies de son désir faisaient-elles effort vers lui!

Cependant le fou avait dénoué la ceinture et détaché sur l'épaule droite l'agrafe de la boucle d'argent. Le vêtement s'affaissa. En vain, Néphélis serrait les genoux. L'homme arracha la robe, et empoignant l'infortunée par le milieu du corps, il la jeta de loin sur le lit où elle tomba en gémissant.

Une bouffée de parfums monta de la couche remuée.

—Ah! cette odeur de myrrhe! dit encore le fou. Ta loge est empestée, fille de joie! Ha! chasse la myrrhe! A bas! A bas!... Je suis Psammétique, fils du Soleil. La myrrhe est l'odeur de la Nuit. Je suis le Roi vainqueur, le Très-Haut, le Roi! le Roi! La myrrhe est l'odeur des bouges... Chasse la myrrhe, fille de la Nuit! Par les cornes d'Hathor et par la gueule de Pascht! A bas! A bas! A bas! A bas!

Il s'affaissa, la tête renversée.

Néphélis, blottie à l'extrémité de la couche, le regardait avec des yeux immenses.

Un grand calme suivit. L'homme s'était tu. Au dehors, la même paix nocturne planait sur le jardin désert. Il ne viendrait donc pas! Dieux! peut-être il était venu, il avait frappé, il n'avait pas franchi la porte, il était parti... parti... Une angoisse atroce étreignit la poitrine de Néphélis.

Et le fou s'était relevé.

—Tu es belle, dit-il doucement. Depuis quand es-tu ma femme? Tu n'étais pas ainsi du temps que j'étais roi. Tes cheveux blonds sont devenus noirs. Tes flancs étroits se sont élargis... Et tes jambes... Oh! que tes jambes sont grandes!... Ouvre-les!...

De plus près encore, il lui parla, en posant la main sur une tablette de marbre où il y avaient des fioles de parfums.

—Ne crains rien, dit-il, je suis vieux. Tu vois, ma fille; je suis un vieux... Je suis mort depuis cent ans! Ne te détourne pas d'une momie. Je ne veux que baiser ta bouche, et dormir, dormir sur ton sein, ô mère!

Il avança ses mains maigres, lentement, comme pour implorer. Mais une secousse nerveuse l'ébranla tout entier, des pieds à la tête. Il sauta sur le lit, par-dessus la jeune femme et retomba de l'autre côté.

—Aaaah!

Enfin elle avait crié! un cri long comme une agonie, un déchirement de toute son âme, une plainte désespérée vers le secours, les dieux, le miracle, la vie!

—A moi! A moi! glapissait le fou. Ne lutte pas, fille de la Nuit! Ne serre pas ainsi les dents, mon baiser te pénétrera! Ha! la myrrhe! la myrrhe! la myrrhe! Tu concevras, sache-le bien! Les étoiles sortiront de ton sein comme les abeilles de la ruche! Ha! ha! ha! ha! ha! ha! ha! ha! ha! Car je veux...

Néphélis avait dégagé sa main droite et, d'un geste si prompt que le fou n'en vit rien, elle l'avait assommé à la tempe avec un objet lourd, pris sur la tablette.

Elle se dressa tout debout sur le lit, la bouche ouverte, les deux mains en avant de la face, avec une sorte de rire plus affreux qu'un gémissement. L'homme était tombé sur le coup, mais pour elle il n'était pas mort. Elle saisit vivement dans un vase à col fin ses longues épingles de coiffure, dix ou douze pointes acérées dont chacune était mortelle, et vingt fois elle les plongea toutes dans la poitrine maigre, entre les côtes saillantes, dans l'estomac, le ventre, les yeux et les joues; et quand les esclaves éveillés accoururent à ses hurlements, ils la trouvèrent foulant aux pieds le cadavre, pleine de sang, toute nue et les mains vers le ciel, comme une Andromède inouïe, qui marcherait sur le Monstre.

27 décembre 1905.

## L'ILE MYSTÉRIEUSE

Les dernières fouilles exécutées en Orient par les savants occidentaux ont amené des découvertes d'un intérêt tout à fait neuf, inattendu, et singulier.

Jusqu'ici, les patients coups de pioche donnés dans les terres antiques avaient eu pour objet et pour résultat de confirmer nos connaissances livresques sur les personnages dont l'histoire nous parle, ou sur leurs contemporains. On avait exhumé le palais des Césars, celui des Xerxès, celui des prêtres d'Ammon et, si les travaux accomplis avaient été féconds en trouvailles, du moins ils ne transportaient pas les esprits on dehors ni au delà de l'histoire authentique. Ils creusaient dans le réel et cherchaient dans le connu.

Maintenant, on entre dans la fable.

Sur tous les points à la fois, en Troade, en Crète, en Égypte, en Argolide, à Rome même, les êtres et les pierres légendaires apparaissent à ceux qui niaient leur existence et reviennent à la lumière dans leurs tombeaux véritables, dans leurs murs encore debout. Pendant vingt-cinq ans, l'Iliade fut seule à nous livrer ses personnages et ses décors: on retrouva le palais de Priam et celui d'Agamemnon. Mais depuis quelques années les civilisations fabuleuses sortent du sol toutes ensemble comme si l'heure de la résurrection venait de sonner sur leurs mystères.

La première dynastie de l'Égypte était regardée comme apocryphe et comme n'ayant jamais vécu que dans l'imagination des prêtres: on a déterré aujourd'hui presque tous ses rois dans leurs cercueils individuels marqués de leurs noms exacts.

Bien plus: on retrouve des rois antérieurs, dont les Égyptiens eux-mêmes avaient perdu la mémoire. Nous sommes mieux renseignés sur leurs origines qu'ils ne le furent jamais, et nous savons aujourd'hui que, loin de placer des souverains fictifs au début je leurs annales, comme on les en accusait, ils méconnaissaient, au contraire, l'extrême antiquité de leurs monarchies.

Et voici maintenant, que les fouilles de Crète nous entraînent définitivement dans des siècles chimériques. Le palais de Minos et de Pasiphaë, le labyrinthe construit par Dédale, la terrasse d'Icare, l'appartement de Phèdre, l'antre monumental du Minotaure viennent d'être déblayés, mesurés et parcourus: toute la mythologie redescend dans l'histoire.

Quelle légende, en effet, quelle vieille fable humaine était plus que celle-ci fantastique et surnaturelle? Minos est fils de Zeus et d'Europe; il est le demi-frère de Pallas, d'Hercule, d'Hélène et de Persée. Il s'entretient avec les dieux, il ressuscite les morts, il est juge aux enfers. Qu'il aime l'étonnante Procris, qu'il fasse la guerre à Nisos ou qu'il soit trompé par sa femme, c'est toujours au milieu de circonstances magiques dont la variété est immense. Les Mille et une Nuits, ne nous rapportent rien qui témoigne d'une imagination mythique aussi riche que celle d'où est née la légende crétoise. Et désormais, le roi Minos est dépouillé de sa légende mieux encore que Charlemagne. Nous respirons où il a vécu, nos pas sonnent sur les dalles où fut son trône royal, nous possédons quatre-vingts inscriptions relatives à son époque: c'est la lumière. Bientôt, nous pourrons reconstituer sa figure, son règne et son temps. Nous verrons Minos tel qu'il fut: roi de Cnosse, ennemi d'Athènes et grand constructeur de palais. Sans doute, la découverte intéresse d'abord l'historien; mais le peintre et le poète pourront imaginer, d'autre part, qu'elle fait tout aussi bien revivre le vieux conte si cher à leurs maîtres anciens.

\

Ainsi, les demi-dieux et les héros grecs sortent l'un après l'autre de leurs linceuls de songe pour nous apparaître au delà des âges, au delà des temps explorés.

Cependant, la plupart demeurent mystérieux. Même parmi les héros d'Homère, si Hélène, Pâris et Agamemnon sont faciles à entrevoir sur leurs murs délivrés de la terre, on ne saurait en dire autant de celui qui est sans doute le principal personnage des épopées archaïques, celui qui, dans l'Iliade, joue le rôle le plus fin, celui qui remplit l'Odyssée de son intelligente figure: le roi d'Ithaque, Ulysse le Prudent.

Plus la lumière se répand sur les premiers âges de la Grèce, plus le vieil Ulysse se dérobe aux chasseurs de tombes. Il nous cache son palais comme il cachait aux siens le fond de sa pensée; il reste impénétrable; il sera peut-être le dernier à livrer le secret dont nous sommes si curieux. On le poursuit depuis plus d'un an. On ne trouve rien. Et bien des esprits commencent à se passionner autour de cette lutte engagée.

A l'heure actuelle, on cherche non seulement le roi lui-même, sa tombe, son palais, sa ville capitale, mais la petite île d'Ithaque qui a, paraît-il, disparu.

Nous avons appris en classe qu'Ithaque était un modeste îlot entre Céphalonie et Sainte-Maure, un rocher portant quelques herbes, quelques maisons, quelques pêcheurs. Je l'ai longé, il y a six mois, d'un bout à l'autre, à bord d'un paquebot qui revenait d'Égypte, et j'imaginerais difficilement un plus petit royaume sous le ciel. Or, nous nous trompions tous; Ithaque n'est pas Ithaque. On n'y a pas retrouvé le palais d'Ulysse pour la raison bien naturelle qu'il n'y fut jamais construit; c'est du moins ce que soutient M. Dœrpfeld, le directeur de l'Institut allemand d'Athènes, et sa théorie suscite des discussions de plus en plus animées.

Sans développer ici dans tous leurs détails les arguments de M. Dœrpfeld, disons simplement que plusieurs vers de l'Odyssée paraissent incompréhensibles si l'île d'Ulysse n'était pas toute proche du continent et réunie a lui par un gué praticable. Ainsi, Télémaque demande à Mentor s'il est venu à pied ou sur un bateau. Une partie des troupeaux d'Ulysse paît sur la rive de l'île et l'autre sur un promontoire du continent. On ne comprendrait guère un berger breton qui garderait ses bêtes à Dinard et enverrait vingt-cinq brebis brouter de l'herbe à Guernesey...

De ces remarques et de plusieurs autres que je n'exposerai pas ici, M. Dœrpfeld a conclu que la seule des îles Ioniennes qui répondît aux descriptions d'Homère était la grande île de Leucade, aujourd'hui Santa-Maura. Et non content d'affirmer son opinion, il a voulu en avoir le cœur net: il a commencé des fouilles.

C'était là qu'on l'attendait. Du côté de l'École française, on ne croyait guère à sa réussite. M. Reinach n'affirmait rien. M. Victor Bérard niait absolument. M. Migeon exprimait son scepticisme d'une façon presque irrévérencieuse. Jusqu'ici, les résultats des travaux semblent leur donner raison, car on n'a rien trouvé du tout, pas plus à Leucade qu'à Ithaque, et M. Dœrpfeld revient les mains vides, de sa première tentative.

Aussitôt, chacun l'abandonne, même ses collaborateurs et ses partisans du début, et, lorsqu'il émet l'hypothèse que le palais du roi Ulysse pouvait bien être construit en bois et n'avoir laissé aucune trace, on pense généralement que c'est là une façon spirituelle de se tirer d'affaire. Néanmoins, la question a intéressé quelques riches amateurs qui font les frais des travaux. M. Dœrpfeld à Leucade et M. Preuner à Ithaque vont reprendre cet hiver des recherches concurrentes, et nous saurons peut-être bientôt dans quelle île encore mystérieuse, Pénélope espéra dix ans, fidèle et seule, le retour de celui que retenait Calypso.

Que ces nouvelles directions de la curiosité humaine sont donc significatives! Pendant des siècles, les voyageurs ont parcouru la terre, à la recherche des Eldorados, des vallées paradisiaques et des îles fortunées. Maintenant, la terre habitable est connue; la carte en est faite. On a résolu tous les grands problèmes. Le dernier grand fleuve, le dernier grand lac ont été découverts, et gravés à leur place sur nos atlas désormais suffisants. Mais l'activité de l'homme a besoin d'un prétexte, et voici que les explorateurs s'avancent dans les glaces polaires avec l'ardeur et l'émotion de leurs pères devant les merveilles équatoriales.

De même, pendant quatre cents ans, nous avons parcouru l'histoire. Comme l'espace terrestre, le temps passé est sorti de l'inconnu, pierre à pierre, année par année. Sauf peut-être celle de l'Inde antique, il n'y a plus de grande civilisation morte que nous ne puissions reconstituer sur des données historiques et certaines. Presque partout, le détail est encore livré au zèle des chercheurs; mais les grands siècles ne nous réservent plus de surprises extraordinaires. Et alors, comme les voyageurs vers les pôles, les historiens se rejettent sur les origines.

C'est là, dans cette nuit des temps où leurs prédécesseurs ne s'aventuraient point, c'est là que les historiens nouveaux attaquent les derniers mystères. Ils sont entrés jusque dans la fable. Ils ont été même au delà: une petite plaque de schiste trouvée en Égypte et quelques tombes au bord du Nil les ont transportés par-dessus les traditions les plus lointaines. Il n'est pas interdit de penser qu'ils atteindront un jour le pôle de leur domaine, l'origine exacte de l'histoire, c'est-à-dire l'endroit du monde où jadis, pour la première fois, un homme dessina son nom sur la pierre.

Octobre 1901.

## LES

## CHERCHEURS DE TRÉSORS

A deux lieues de Séville, une vaste colline verte recouvre de sa terre et de ses prairies les ruines d'Italica, ville considérable. C'est de là que partirent jadis Trajan, puis Hadrien, tous deux nés dans ces murs d'une province lointaine, et qui devaient posséder le monde.

Il y a quelque temps, comme j'étais là-bas, un laboureur de la colline verte ébrécha le soc de sa petite charrue contre une pierre trop lourde pour être soulevée. Le soir il revint avec deux amis, bêcha tout autour de l'obstacle, déterra la pierre pesante, qui se trouva être taillée de main d'homme, parfaitement rectangulaire et propre à servir de table. Il la fit transporter chez lui.

En la nettoyant, il découvrit que sa face la plus lisse portait une inscription: il allait donc être obligé de la faire polir par un maçon avant de la monter sur pattes: et cela n'irait pas sans frais. Aussi accepta-t-il gaîment de céder sa trouvaille pour cinq pesetas à l'instituteur du village, qui savait quelque peu de latin.

Peu de jours après, un voyageur, moitié touriste, moitié marchand, vit l'inscription, la déchiffra, et, après des pourparlers qui durèrent pendant plusieurs heures, il en devint propriétaire, en échange d'une bonne somme: cent francs.

Je vous laisse à penser si le maître d'école se vanta de son bénéfice et plus encore de sa science. Pendant une semaine, il fut l'homme le plus respecté du canton. Les journaux de la ville s'occupèrent de lui. Et puis, ce fut à son tour de porter l'oreille un peu basse lorsque le bruit courut que son acheteur avait vendu la fameuse table vingt-sept mille francs au musée de Madrid.

A cette nouvelle, une émotion générale s'empara des villageois. C'était donc une table magique? Une relique de la Sainte Vierge? Non: c'était tout simplement le premier document connu sur les courses de taureaux en terre espagnole, un décret romain organisant des tauromachies à Italica. Le musée de Madrid n'avait pas voulu abandonner aux collectionneurs une inscription désormais célèbre sur l'origine antique du jeu national.

Je ne jurerais pas que tous les paysans comprirent quel intérêt trouvait l'État à posséder un pareil trésor, ni que l'un d'eux eût donné vingt-sept mille francs de sa poche (à supposer qu'il les comptât) pour conserver cette table dans la maison de ses pères. Mais dès qu'ils surent qu'on trouvait, dans le pays, des pierres qui valaient leurs poids d'or, bon nombre d'entre eux renoncèrent brusquement à l'agriculture, bâtirent un petit mur autour de leur champ, et se mirent à fouiller le sol en mettant soigneusement tous les cailloux de côté.

Trouvèrent-ils quelque chose? Oui, sans doute: des colonnes, des bustes, des statues brisées, des fragments de poteries. Au moment où je quittai Séville, on venait de mettre à jour, et presque au ras du sol, une mosaïque à personnages, peut-être sans grande beauté, mais remarquable par ses dimensions et par son état de fraîcheur conservée.—Cependant on ne pourra pas dire que cette ville immense et mystérieuse, avec toutes ses merveilles que nous ne connaissons pas, soit vraiment sur le point de nous être révélée, tant que des archéologues intelligents n'auront pas pris en main le travail des fouilles.

Pour creuser une terre antique et en tirer ce qu'elle renferme, il faut un peu de science et beaucoup de flair. L'un sans l'autre ne sert de rien. C'est pourquoi l'on ne peut conseiller, ni d'une part à tous les propriétaires de retourner leur petit enclos, ni d'autre part à tous les professeurs d'appliquer sur le terrain leur expérience des bibliothèques. Il n'est pas donné, même aux plus savants, d'être un J. de Morgan ou un Flinders Petrie, et de ressusciter un monde en tombant sur la bonne cachette. On le verra curieusement par l'anecdote que voici; elle est tout à fait récente et je ne la crois connue que par les gens du métier:

Un petit champ inculte, dans la plaine de Pompéi, avait été choisi par la direction des fouilles pour recevoir l'amas des terres provenant des excavations; car il faut bien qu'on jette cela quelque part, et la mer est un peu trop loin pour qu'on puisse le lui porter. Certain jour, un savant italien, M. Sogliano, se promenant dans la campagne du Vésuve, vit ce petit champ, et ce qu'on en faisait. Il examina le site et les lieux, le tracé de la route antique, la conformation du terrain; puis il se rendit auprès de ses confrères qui dirigeaient les travaux, leur dit qu'ils agissaient au rebours du sens commun et qu'au lieu d'apporter des terres en cet endroit du paysage ils devraient fouiller précisément là.

On lui fit observer qu'on était en pleine campagne, qu'il n'y avait pas de raison pour supposer qu'un Pompéien eût bâti jadis une villa solitaire sur cet emplacement; que d'ailleurs le terrain n'appartenait pas à l'État et qu'il faudrait mille démarches pour en obtenir l'acquisition.

Les démarches, il les fit, ou les fit faire, je ne sais. Toujours est-il que le terrain fut acquis. On cessa de l'ensevelir. On le fouilla: M. Sogliano, outre son flair et sa science, possède encore sans doute le don de la persuasion.—Et si l'on eut raison de porter la pioche dans cette prairie, c'est ce dont personne ne douta plus des qu'on eut touché le sol ancien; il y avait là les murs, les salles et les fours d'une fonderie gréco-romaine, et dans les cendres une merveilleuse statue de bronze et d'argent: un éphèbe nu, intact jusqu'aux extrémités des doigts, ouvrant ses yeux d'émail au milieu d'un visage admirablement pur.

J'ai vu à Naples, le mois dernier, ce chef-d'œuvre inconnu qui allait être enfoui dans une tombe éternelle quand, par un instinct supérieur, un passant l'a senti vivant sous la terre et l'a sauvé pour notre joie. Athènes n'a rien enfanté de plus charmant que sa forme simple et calme. Est-ce un dieu? est-ce un portrait? nul n'ose encore se prononcer. Il est debout, si complètement nu qu'il a les mains vides. Pas un ornement. Pas un attribut. Il a quinze ans et il se montre, la bouche entr'ouverte et l'œil grave, comme s'il avait le sentiment que sa contemplation est sacrée.

Quels que soient les efforts, les sommes dépensées, les existences humaines usées à la tâche, jamais ou ne saura trop faire pour retrouver de pareils modèles. L'art de tous les pays du monde attend chacune de ces découvertes pour s'instruire à son enseignement, se purifier aux grands exemples et s'élever peu à peu jusqu'à cette perfection antique que nous atteindrons peut-être un jour.

Il semble qu'en Italie même, on commence à le comprendre depuis que M. Baccelli a été deux fois ministre. Les fouilles de Pompéi, qui depuis cent cinquante ans n'ont encore déblayé que la moitié de la ville, sont reprises avec une activité toute nouvelle. On explore cette année la cinquième région, dans la direction de la porte de Nola, et chaque pas en avant est une précieuse conquête. L'an dernier on mettait à jour la maison dite «du Gladiateur», suite de pièces entourant un grand jardin central où le parterre intérieur est bordé d'un petit mur peint à fresque représentant une chasse fantastique. Cette année même la maison de Marcus Lucretius Fronto était exhumée à son tour: celle-là tout à fait remarquable, et la plus belle qu'on ait ouverte depuis celle des Vettii. Outre un jardin où l'on admire, comme dans le domaine précédent, une vaste peinture de chasse, l'édifice nouveau possède de nombreuses chambres ornées de tableaux mythologiques et de paysages d'une conservation parfaite. Quatre vues représentent des villas romaines et des palais à vol d'oiseau, d'une exactitude architecturale minutieuse; elles seront, pour les archéologues, d'inestimables documents.

Ce n'est pas tout. A Rome même, un homme énergique et intelligent, M. Boni, a obtenu qu'on lui livrât le Forum avec les fonds nécessaires pour le fouiller méthodiquement. Et là, non seulement sous les maisons voisines, sous les vieilles églises en bordure, qu'on lui permettait de démolir, il a retrouvé des palais et des temples, des colonnes et des statues, mais au milieu même de la place, devant l'arc de triomphe de Septime Sévère, sous une poussière foulée par des millions de touristes, il a découvert la Pierre Noire elle-même, le dallage sacré que Rome vénérait comme la tombe de son fondateur.—Romulus fut-il vraiment mis en terre à cet endroit? La tradition seule le prétend. Et pourtant M. Boni a soulevé le marbre; il a regardé ce qu'il cachait. Un sépulcre de douze pieds carrés apparut, entouré de cendres, d'ex-voto et d'ossements de victimes. On en tira des vases très anciens, des statuettes archaïques, une tête de Gorgone. Et plus loin on déblaya une petite pyramide ornée d'une inscription que personne ne put comprendre. La seule chose que l'on sache sur elle, c'est qu'elle nous donne incontestablement le plus ancien texte connu de la langue latine; mais M. Maspero me disait récemment qu'on avait proposé déjà soixante-quatre lectures différentes de cette page écrite sur le tuf, et qu'il ne se hasardait pas à donner la clef du mystère.

Un peu plus loin, devant la maison des Vestales, M. Boni trouva encore, sous la pioche de ses ouvriers, la fontaine sainte de Juturne où l'on dit que les chevaux de Castor et Pollux, un jour, se sont abreuvés. La fontaine était demeurée là, dans sa cuve de marbre blanc, étouffée par la terre depuis plus de mille années, mais toujours ornée de ses charmants bas-reliefs, et si parfaitement revenue à la vie des sources, qu'à peine affranchie de la sépulture elle recommença de couler.

## UNE FÊTE A ALEXANDRIE

La fête au milieu de laquelle se déroulera dans quelques heures le triomphe d'un souverain oriental[2] est, dit-on, la plus somptueuse que Paris se soit donnée depuis quatre-vingt-dix ans. Celles même de 1867 et de 1889 n'avaient pas à ce point inondé ses rues de fleurs, d'étoffes, de clartés en guirlande et d'architectures éphémères, toutes choses qui enchantent le grand enfant populaire et déplaisent aux parcimonieux.

Il est clair que nous manquons de points de comparaison. De siècle en siècle, le sens des fêtes se perd chez les nations modernes. On suppute le prix d'une colonne, on marchande l'épaisseur des dorures, bientôt, il ne sera plus permis d'allumer une rampe au fronton de l'Élysée, sans entendre crier quelque part qu'un mètre de gaz coûte vingt centimes, et que vingt centimes donnés à un pauvre eussent été de meilleur emploi.

Jadis, on comprenait les besoins de la foule, sa soif de lumières, d'or, de rouge, et de clairons. On lui donnait moins chichement ce pain de joie et ce souvenir. Peut-être serait-il intéressant de comparer ici à la fête actuelle dont on blâme déjà l'éclat, la Fête telle qu'elle pourrait être si on lui accordait vraiment des «crédits illimités». Nous remonterons au delà de vingt et un siècles pour en trouver l'exemple, mais celui-là du moins mérite d'être conté.

Voici quoi fut le cortège, qui traversa la ville d'Alexandrie, soixante ans après sa fondation, cortège si considérable que la Bannière de l'Étoile du Matin en ouvrit la marche au lever de cet astre et que la Bannière de l'Étoile du Soir la ferma au soleil couchant.

On observera qu'il ne s'agit pas là d'un conte, ni d'une rêverie, mais que nous possédons sur cette fête un document historique qui a tous les caractères d'une relation officielle.

En outre, on notera qu'elle ne fut pas ordonnée par un prince de décadence, épris de faste et de débauches, mais par le plus sage, le plus pacifique et le plus éclairé des souverains de l'antiquité, par Ptolémée Philadelphe, celui-là même qui fit traduire la Bible par les Septante, et qui attira dans sa capitale tout ce que le monde comptait d'artistes, de philosophes, de poètes et de savants.

Le pavillon d'où partit le défilé triomphal, et où le banquet fut servi, était assez grand pour contenir cent trente lits de table rangés en cercle. Quatorze colonnes de bois, hautes de vingt-trois mètres, tendaient au-dessus de la salle un ciel d'étoffe écarlate; quatre de ces colonnes simulaient des palmiers; les autres étaient sculptées en thyrses. On avait suspendu, dans les intervalles, des peaux de monstrueux fauves; cent animaux de marbre soutenaient les piliers.—Au-dessus, des boucliers d'or, des tissus à sujets, des tableaux de grands peintres se succédaient ornementalement, parfois embrumés par les parfums qui brûlaient dans les trépieds d'or, tandis que la voûte semblait borner le vol de huit aigles d'or hauts de sept mètres. Les cent trente lits étaient d'or, couverts de tapis de Perse et d'étoffes de pourpre.

La vaisselle et les vases étaient d'or comme le reste, et, dit l'historien, enrichis de pierreries d'un travail admirable. Autour du pavillon qu'on avait entièrement jonché de fleurs rares, une forêt d'arbres plantés en une nuit rafraîchissait la terre d'une ombre continue.

Après la Bannière de l'Étoile, celles des Rois et celles des Dieux formaient la tête du cortège. La Pompe Dionysiaque suivait: c'étaient des Silènes ventrus, les uns couverts de pourpre sombre et les autres de pourpre claire; puis des Satyres élevant des torches ornées de feuilles de lierre d'or; des Victoires aux ailes dorées portant des lances de trois mètres, au bout desquelles s'arrondissaient des cassolettes de parfums; un autel d'or suivi de cent vingt enfants qui tenaient des plats d'or chargés de myrrhe, de crocos et d'encens en fumées.

Ensuite, un char long de sept mètres sur quatre, traîné par cent quatre-vingts hommes, supportait la statue de Dionysos faisant une libation avec un vase d'or. Cette statue était haute de cinq mètres. Devant elle, un autre vase d'or, colossal, contenait six cents litres de vin. Des pampres, du lierre, des couronnes, des guirlandes, des thyrses, des bandelettes, des masques, des tambourins, s'ordonnaient avec symétrie sur les quatre parois du char; et derrière, marchait en criant la troupe des Bacchantes aux cheveux défaits, couronnées de serpents et de branches verdoyantes.

Un autre char, traîné par soixante hommes, portait la statue de Nisa, ornée de raisins d'or et de pierres précieuses.

Un troisième char, roulé par trois cents hommes, long de neuf mètres et large de sept, représentait un pressoir élevé de onze mètres au-dessus de la plate-forme, et où soixante Satyres foulaient le raisin en chantant au son de la flûte la chanson du pressoir. Et le vin doux ruisselait sur toute la route.

Un quatrième char, tiré par soixante hommes et long de douze mètres, portait une outre faite de peaux de panthères cousues, qui contenait cent vingt mille litres de vin, et qu'on vidait peu à peu en fontaine.

Un cinquième char figurait un antre envahi par les lierres, d'où s'échappèrent, tout le jour, des tourterelles et des pigeons qui avaient de longs rubans aux pattes, pour que la foule pût les saisir au vol. Cinq cents hommes traînaient cette montagne.

J'en passe...

Seize cents enfants portaient des fruits d'or. Six cents esclaves traînaient un prodigieux kratêr d'argent, sculpté d'animaux en relief.

Puis, ce fut un char de Bakkhos, monté sur un éléphant harnaché d'or, suivi de cinq cents petites filles et de cent vingt Satyres. Puis, cinq troupes d'ânes aux frontaux d'or, vingt-quatre chars d'éléphants, soixante de boucs, d'autres de bœufs, d'autruches, de chameaux. Ceux-ci portaient l'encens, le safran, l'iris et le cinnamome. Puis, des Indiennes vêtues en captives, six cent défenses d'éléphants, deux mille troncs d'ébène, deux mille quatre cents chiens, cent cinquante hommes portant des arbres, d'où pendaient des perroquets, des paons, des pintades, des faisans dorés. Puis, quatre cent cinquante moutons exotiques, vingt-six bœufs blancs des Indes, vingt-quatre lions, un ours blanc, quatorze léopards, seize panthères, quatre lynx, trois petits ours, une girafe et un rhinocéros!

J'en passe encore; il faudrait un volume. Ce furent les statues de Priape, de la Vertu, de Héra, d'Alexandre, de Ptolémée et de la ville de Corinthe, toutes décorées d'or et de pourpre. Puis trois chariots, dont le premier traînait un thyrse d'or de quarante et un mètres; le second, une lance d'argent de vingt-sept mètres; le troisième (j'en demande pardon à mes lectrices), un phallos d'or, long de cinquante-cinq mètres, et qui portait un astre à son extrémité.

Six cents choristes suivaient, avec trois cents joueurs de cithare; puis deux mille taureaux aux cornes dorées et portant des frontaux d'or. Parmi les autres objets d'or, et pour ne citer que ceux-là, on vit une couronne colossale, trois mille deux cents couronnes plus petites, dix-huit trépieds, sept palmiers de quatre mètres, un caducée et une foudre l'un et l'autre de dix-huit mètres, des aigles, une égide, une cuirasse, vingt boucliers, soixante-quatre armures, douze bassins, douze urnes, cinquante corbeilles, cinq buffets, une corne d'Abondance haute de quatorze mètres; puis quatre cents chariots portant des plats d'or, et huit cents portant des parfums.

Le long de ce cortège, la haie fut faite par cinquante-sept mille six cents fantassins, et par vingt-trois mille deux cents cavaliers: en tout, plus de quatre-vingt mille hommes.

Telle fut donc cette fête antique. Si nous en connaissons les détails, nous savons aussi le prix qu'elle coûta. Bien que la plupart des richesses qui y furent montrées au peuple eussent été données par les pays tributaires ou par les nations alliées, le roi paya néanmoins pour l'organisation du cortège et la décoration générale, quatre-vingt-un mille kilogrammes d'argent, somme qui, en tenant compte de la dépréciation du métal[4], équivaut à quatre cents millions de notre monnaie.

Je ne pense pas que la fête d'aujourd'hui grève le budget d'une pareille somme. A côté de cet amoncellement d'or, nos fleurs en papier, nos globes de gaz et nos treillages de bois vert sont d'un luxe moins véritable. Sans atteindre, même de loin, le faste des fêtes antiques, peut-être pourrait-on laisser à ceux qui dirigent les cérémonies nationales une liberté plus grande, et des ressources moins comptées.

On s'imagine que l'argent ainsi dépensé serait ravi aux besoins du peuple. Il y répondrait, au contraire. Le peuple, qui n'est pas seul à payer les fêtes, est seul à y prendre plaisir, et il le sait bien.

## SPORTS ANTIQUES

Les Grecs vivaient au grand air. Ils ne connaissaient ni le Salon ni le Cercle, et bien qu'ils eussent élevé au rang des déesses la personnification du Foyer, ils se trouvaient bien partout, excepté chez eux.

Leurs lieux de réunion, cela est assez connu, étaient des places publiques, généralement voisines de portiques ou colonnades où l'on se réfugiait en cas de pluie. Même dans les maisons particulières, il n'y avait pas de pièce destinée aux réceptions, à part la salle à manger. Ce qui est pour nous le fumoir, ou ce qui était pour nos pères la bibliothèque, n'a pas d'équivalent dans l'antiquité. On recevait ses amis dans l'atrium, ou plus souvent encore au jardin, entre les arbres et les statues.

Ainsi, pas de représentations privées, hors quelques danses ou pantomimes devant un festin; peu ou point de jeux dans l'appartement; aucun prétexte pour réunir les éléments de ce qu'on appelle aujourd'hui une «matinée» ou une «soirée».

Cependant, l'homme a besoin de distractions et les Grecs goûtaient comme nous ces plaisirs en commun qui sont une des nécessités de la vie; mais ils les prenaient au dehors, et comme les spectacles au grand soleil s'accommodent des proportions les plus variées, ils étaient quatre autour d'un flûtiste, cent mille autour d'un discobole. Telles étaient leurs «matinées».

Il est singulier que, dans notre langue où les inventions les plus modernes portent des noms grecs, nous ayons pris un mot anglais pour désigner ce qui est essentiellement hellénique: le Sport.

L'Athlétique (ainsi le nommait-on) était jadis un des Beaux-Arts, et non le moindre. On élevait des statues aux athlètes vivants. Ils étaient comblés d'honneurs et de richesses, non par des entrepreneurs de spectacles, mais par l'État et la Cité. Si nous suivions scrupuleusement la tradition antique en matière de goût, on enseignerait la gymnastique à la Villa Médicis, et qui sait si les quatre arts ne trouveraient pas un réel profit à considérer ce nouveau venu?

L'athlète, en effet, et sans paradoxe, est un artiste. Il modèle son corps comme le chanteur forme sa voix. Il est sa propre statue.

Lui seul a reçu le don des attitudes souples et droites, des mouvements puissants et doux. Lui seul réalise ce tour de force qui est la légèreté dans l'énergie. Notre admiration pour l'artiste augmente devant l'aisance incompréhensible avec laquelle il résout des problèmes de beauté qui seraient, pour nous, extraordinaires; mais l'athlète a le même secret. Méditons la gloire que lui décernaient si respectueusement les Athéniens.

A vrai dire, ils comprenaient l'athlète dans un sens qui n'est pas tout à fait le nôtre. Détenir un record n'était nullement leur idéal sportif. Sans doute, le vainqueur au javelot était l'homme qui lançait son projectile le plus loin, et le vainqueur à la course était toujours le premier; mais tout au contraire de nous, les Grecs n'estimaient qu'à demi les spécialistes de la force. L'athlète, pour eux, était l'être invincible par quelque moyen que ce fût. Ils auraient hué un coureur, si les muscles de ses bras n'avaient été aussi robustes que ceux de ses jarrets, et si, au lendemain de sa victoire, le premier venu parmi les lutteurs eût pu lui faire toucher les épaules. Aussi, en disant que le Sport est essentiellement hellénique, je ne prétends pas que Périclès eût été saisi d'admiration à l'aspect d'un de nos jockeys. Les Grecs ne séparaient pas à ce point l'idée Force et l'idée Beauté. Ils pensaient que les peintres et les sculpteurs cherchent le Beau à leur manière, et que les athlètes le réalisent en eux-mêmes: leur Esthétique admettait donc parmi les arts l'exercice physique; mais ici, elle ne pouvait distinguer l'homme de l'œuvre, puisque le résultat du sport est le développement du sportsman: c'est pourquoi elle formait l'athlète selon les mêmes lois d'harmonie et de proportion que Phidias imposait à ses cavaliers nus.

Dans ce but, ils avaient institué le fameux concours du pentathle, qui n'était pas autre chose qu'un vaste championnat en cinq manches.

Tous les concurrents se mettaient d'abord en ligne pour le saut: épreuve éliminatoire pour laquelle l'espace à franchir était réglé d'avance. Ceux qui réussissaient prenaient part à un deuxième concours: le lancement du javelot, et cette fois les quatre meilleurs «lanciers» étaient seuls retenus pour les épreuves suivantes. La course éliminait le quatrième concurrent. Le disque éliminait le troisième...

Comme on le voit, les premières épreuves et les demi-finales se répétaient symétriquement: le saut et la course prouvant la vigueur des jambes, le javelot et le disque, celle des bras.

Les deux vainqueurs s'avançaient alors l'un vers l'autre et entraient en lutte, corps à corps.

Mais tandis que chez nous, et chez les Turcs (comme autrefois chez les japonais), les lutteurs sont des colosses obèses qui écrasent l'adversaire sous leur masse, jamais, chez les Grecs, un lutteur de foire n'eût été admis aux Jeux Olympiques. L'épreuve du saut l'eût écarté dès le début. Est-ce à dire que les plus agiles étaient seuls admis à lutter? Non pas. La course à pied ne départageait que les vainqueurs du saut et du javelot: épreuves de force par excellence. Les deux derniers concurrents étaient donc les plus agiles parmi les plus vigoureux: c'étaient des athlètes complets. On ne saurait trop admirer avec quelle intelligence étaient graduées les séries du «Grand Prix» antique. Le triomphateur de la finale était digne d'avoir sa statue dans le bois sacré d'Olympie, car on pouvait dire de lui à coup sûr qu'il était le premier guerrier de la Grèce.

Par la suite, ces jeux admirables dégénérèrent. Athènes avait tous les ans des courses de chars et de cavaliers à l'époque des Panathénées. Olympie à son tour eut un hippodrome célèbre. Quand Rome et Byzance recueillirent la succession d'Hellas à la tête des peuples, le Cirque finit par absorber en lui tous les jeux et toutes les fêtes. Les chars des cochers hurlants chassèrent les athlètes de l'arène.

Dès lors, il serait puéril de le nier, le sport antique devient moins intéressant pour nous, d'abord parce qu'il rappelle de loin les courses auxquelles nous sommes habitués, ensuite parce que, sur un pareil terrain, nous n'avons rien à lui envier. De nombreux documents figurés nous apprennent que la haute école était connue des anciens dans toutes ses subtilités: mais il n'est pas vrai qu'à Rome les courses, attelées ou non, aient jamais égalé la perfection des nôtres. Celles-là étaient des cohues galopantes, mal réglées, presque barbares,—dignes, en un mot, de cette longue décadence artistique où Rome fit sombrer l'héritage athénien. On y courait la charge, comme en guerre. Nulle discipline entre les conducteurs. Il fallait arriver à tout prix, fût-ce en crevant ses chevaux ou en versant le char du rival. Plaisirs de sauvages, que Longchamps ou Vincennes laissent loin derrière eux.

Reposons-nous plutôt devant la magnifique image qui était l'idéal de l'athlétique grecque. Notre sport gagnerait à s'inspirer d'elle. Nos coureurs, attirés par l'appât des prix, s'entraînent constamment au même exercice. Ils deviennent semblables à des ténors qui donneraient sans cesse l'ut de poitrine et qui ne sauraient pas chanter «Au clair de la Lune» dans le médium.

Le sport ainsi compris est tout le contraire d'un art.

Puisque nous avons en France des sociétés puissantes qui règlent à leur gré l'ordre des fêtes et la nature des récompenses, pourquoi ne s'uniraient-elles pas pour offrir le plus grand prix de l'année au champion général des «cinq arts athlétiques»? Je sais qu'on a tenté l'expérience dans notre pays et que les premiers résultats n'ont pas été satisfaisants. Ils ne pouvaient l'être si tôt. On ne réforme pas ainsi l'entraînement de toute une génération. A une formule nouvelle, il faut des hommes nouveaux. Ceux-ci viendraient en foule s'ils étaient prévenus que leurs efforts dussent être récompensés plus que ceux de leurs rivaux spécialistes. Il semble bien que ce soit surtout une question d'argent. Créons l'émulation par la prime et nous aurons, peu à peu, un concours national annuel qui, sans éclipser les autres réunions sportives, tiendra néanmoins parmi elles le premier rang, et le plus digne.

C'est en formant des athlètes complets que nous servirons le mieux le développement de la vigueur adolescente et l'intérêt supérieur de la beauté française.

**LESBOS D'AUJOURD'HUI**

La terre de Daphnis et de la petite Chloé, la vieille île éolienne devant laquelle l'amiral Caillard va mettre en batterie ses monstrueux canons, Lesbos est aussi mal connue qu'elle est célèbre.

Des paquebots européens la contournent sans y faire relâche. Les touristes visitent Chio, Smyrne et les grands souvenirs de la Troade. Très peu de voyageurs récents peuvent compter, parmi leurs excursions, un séjour à Mytilène. L'un d'eux est un Français, M. de Launay, chargé de mission par le gouvernement. Avant lui, deux Allemands, Conze[5] et Koldewey, ont reconnu les ruines antiques échappées aux ravages des Turcs et aux boulets des Vénitiens. Enfin, un habitant de l'île, M. Georgeakîs, a recueilli les traditions, les contes, les chansons populaires de son pays dans un intéressant travail auquel l'un de nos plus savants folk-loristes, M. Pineau, collabora[6]. Mais ces études n'ont pas dépassé le cercle restreint des hellénistes et nos curiosités d'aujourd'hui leur donnent inopinément un intérêt général qu'elles ne prétendaient pas éveiller.

L'heure est venue de leur demander une causerie familière sur la vie intime de ces paisibles gens auxquels nos cuirassés vont rendre visite avec le cérémonial de la guerre.

Lesbos, île séparée de l'Asie par la mer éclatante de l'Archipel bleu, est encore habitée par une peuplade grecque, de mœurs à demi orientales, comme au temps où les Lydiens lui envoyaient leurs étoffes de soie et passaient dans ses ports en faisant voile vers Athènes. La vie, de nos jours, y est peut-être plus modeste, plus secrète et plus retirée, mais elle a gardé ce caractère de paix tranquille, de bonheur naïf et doux, que Longus lui donnait il y a deux mille ans et que les voyageurs contemporains ont retrouvé intact dans l'âme de son peuple.

Une montagne de marbre blanc, un Olympe devenu Saint-Elie, que l'hiver couvre parfois d'une neige éblouissante; quelques collines rocheuses; des golfes d'azur sombre, unis comme des lacs; un paysage d'un vert très frais, analogue, dit M. de Launay, à celui des montagnes de France: des chênes, des peupliers longs, des noyers çà et là, des haies de mûriers sauvages, des forêts dont le sol est couvert par un tapis d'anémones rouges; puis, en descendant vers la mer, des fleurs de toutes les nuances, des épis, des pâturages et d'innombrables oliviers: tel est le pays de Sapho. Sur les plages, on trouve le murex, le coquillage de la pourpre.

Le costume des femmes est d'un éclat tout asiatique; il se compose d'une culotte bouffante, serrée à la cheville, d'une chemisette blanche à raies roses, et d'un boléro très ouvert qui laisse la poitrine libre dans la mince étoffe. Les cheveux sont ornés d'un mouchoir de couleur qui fait parfois le tour du visage; on y pique des aigrettes, des fleurs, des mousselines transparentes ou des rubans multicolores, selon les villages. Les jeunes filles sont très fières de leurs cheveux noirs, qu'elles portent en nattes tombantes. Plus les nattes sont longues, plus les filles se disent belles, et une vieille superstition veut que la veille du premier mai elles frappent leurs dos nus avec des orties pour faire pousser leur chevelure.

Chaque année, ce jour-là aussi, elles s'en vont, par groupes d'amies, le soir, en chantant, dans la campagne nocturne. Elles cueillent autant de fleurs qu'elles en peuvent rapporter, et celle qui la première entend le coucou est dite avoir reçu le plus heureux présage. Elles rentrent dans leurs maisons quand le village est endormi, et là elles tressent des couronnes, des guirlandes, des gerbes fleuries, qu'elles suspendent aux fenêtres et aux portes fermées. Le lendemain, quand le soleil se lève, tout le printemps de la terre est venu, entre leurs doigts, envahir les cités de ses corolles et de ses parfums.

C'est la première aube de mai; le village s'éveille avec elle, et chacun s'habille en hâte. Toutes les femmes ont des anémones dans les cheveux en signe de joie. Tous les hommes sont en habit de fête, portant le gilet noir boutonné en losange, la ceinture écarlate et le bonnet cassé neuf. Une vieille dame, dans chaque quartier, parcourt les rues, portant une coupe de miel où elle trempe son doigt, et elle touche de ce doigt les vierges au front pour les faire paraître douces comme le miel aux yeux de leurs fiancés.

A douze ans, les filles se marient, si toutefois elles ont un trousseau complet; autrement, les partis ne se présenteraient pas. Ce trousseau, il faut qu'elles le fassent elles-mêmes; la plus habile est la mieux ornée. Toutes les pièces du linge et des vêtements sont tissées au métier par la candidate: chemises, chemisettes, pantalons bouffants, draps, serviettes, nappes et torchons, étoffe à trame lâche ou serrée, unies ou rayée de couleurs pâles, sortent peu à peu de tous ces petits doigts si pressés de s'unir à ceux d'un mari. Après cela, il faut couper, ourler, broder, que sais-je? Les mois et mois passent dans ce long travail d'enfant, qui porte sa récompense au terme de sa tâche.

Les accordailles se font toujours entre le jeune homme et la jeune fille, les parents n'étant consultés que par la suite. S'ils ne refusent pas leur consentement, les deux familles se réunissent, et le prêtre a mission de rédiger le contrat, afin que la félicité matérielle des époux reçoive par là une sorte de bénédiction religieuse, comme leur bonheur intime et leur union chrétienne.

A la veille du mariage, toutes les amies de la fiancée se donnent rendez-vous dans sa chambre, et font elles-mêmes la toilette de noces. Le trousseau est déployé, exposé sur les murailles. La jeune fille est lavée par ses petites voisines, qui lui teignent les ongles en rouge.

C'est pour elle, en effet, que la fête se donne. C'est elle qui épouse et elle qui possède; le mari ne vient qu'au second plan. Une très ancienne coutume qui remonte au delà des Grecs, jusqu'aux premiers temps de la civilisation égéenne, veut qu'à Lesbos, la femme soit chef de la famille, la fille seule héritière au détriment des fils. Elle hérite même du vivant de ses parents, car, en dehors de la dot qu'elle reçoit, et du trousseau qu'elle s'est tissé, la fille aînée prend possession de la maison paternelle le jour de son mariage, et le père va porter son foyer autre part.

Après la cérémonie à l'église, les assistants se réunissent chez les nouveaux mariés. Une jeune fille se tient à la porte, et chaque fois qu'un invité se présente, elle lui met dans la bouche une cuillerée de confitures, en symbole des douces pensées qu'il lui faut apporter en passant le seuil nuptial.

N'est-ce pas que les petits détails de ces coutumes populaires éveillent l'idée d'une république heureuse, où tout serait inconnu de ce qui assombrit les peuples d'Europe? Et réellement Lesbos est une île fortunée. Personne n'y est très riche, ni très pauvre non plus. La terre, partagée entre les familles, offre un morcellement à peu près régulier. Nul homme qui n'ait là son bout de champ, ses oliviers précieux et son pain sur la planche. Un climat d'une égalité paradisiaque y rend les cultures faciles et les repos délicieux. Sous leurs toits couverts de roseaux, les maisons peintes de couleurs diverses présentent des pièces vastes où s'étendent des tapis en poil de chèvre tissés par les femmes. Le long des murs blanchis à la chaux, quelques divans sont allongés, et l'on y fait asseoir les hôtes en leur donnant du café turc, des sucreries roses et des fruits confits.

Mytilène, la capitale de l'île, est construite dans une position qui rappelle exactement celle d'Alexandrie moderne. Elle s'étageait autrefois en amphithéâtre sur une presqu'île à demi détachée, qui n'était reliée à la terre que par des ponts de pierre blanche. De chaque côté de ces ponts, deux ports symétriques se creusaient, ainsi que le Vieux-Port et l'Eunoste à gauche et à droite de l'Heptastade. Puis leur fond bas s'est ensablé. Un isthme lentement émergé s'est élargi entre les anses et la ville nouvelle y est descendue. Il ne reste rien de la cité antique.

C'est aujourd'hui une petite ville propre et tortueuse, coupée d'une quantité de ruelles et d'impasses, bariolée, grouillante et cosmopolite comme les moindres ports de la Méditerranée. Ses maisons bleu clair, rose pâle et jaune léger couvrent des teintes les plus tendres les premières pentes de la citadelle, et une forêt d'oliviers la coiffe de sa chevelure sombre. Les paysans de l'intérieur apportent là et vendent aux marchands étrangers l'huile de leurs olives et le vin de leurs vignes, ce vin de Lesbos jadis si fameux et toujours si recherché des Grecs. D'autres y vendent de la soie, des figues, des peaux tannées, du miel, des moutons descendants des troupeaux qui entourèrent Daphnis, des brebis filles de celle qui allaita Chloé. Ces modestes échanges suffisent à la vie pastorale du pays, et, n'imaginant pas d'autre superflu que les richesses des bois et des plaines, les Mytiléniens n'amassent pour trésors que le miel de leur abeilles: ils en ont fait le symbole du bonheur.

Soyons doux pour ce peuple innocent et simple que les Turcs laissent en paix depuis soixante-dix ans. Si mous débarquons dans ses ports merveilleux, s'il nous faut quelque temps nous substituer à ses maîtres, et surtout si notre établissement dans l'île doit se prolonger au delà de nos ambitions, montrons-nous discrets et faciles à l'égard de ces villageois qui ne sont pas responsables des fautes du sultan. Ils ignorent la question des quais et les écoles de Syrie. La créance Lorando n'est pas à leur compte. Allons chez eux comme des amis. Notre cause est déjà gagnée auprès d'eux puisque leurs aversions et nos hostilités s'adressent pour l'instant au même personnage.

Enfin, soyons respectueux pour le sol où reposent leurs glorieux ancêtres. C'est là, c'est dans l'île de Lesbos que les premiers lyriques ont chanté leurs premiers vers dans une langue européenne. C'est de là qu'ont jailli les sources de l'ode et les larmes de l'élégie. Tous ceux qui ont trouvé dans les strophes d'un poète le rythme de leurs enthousiasmes où la consolation de leurs désespoirs doivent regarder cette île comme le lieu privilégié de leur pèlerinage intime: elle est sacrée pour toujours. Le sang ne peut plus être répandu sur les rives où la légende veut que les vagues aient un soir jeté, avec leur écume divine, la tête et la lyre d'Orphée.

5 novembre 1901.

[Le jour où cet article paraissait, l'escadre de la Méditerranée venait de quitter Toulon pour une destination inconnue, après la rupture des relations diplomatiques entre la France et la Turquie. On pensait qu'elle se dirigeait vers Lesbos et elle y aborda en effet quelques jours plus tard. Cet événement est encore trop près de nous pour qu'on ait oublié comment l'amiral Caillard leva l'ancre après une courte démonstration navale qui ne souffrit aucune résistance.]

## LA FEMME

## DANS LA POÉSIE ARABE

Si l'on demandait à un lecteur occidental comment il se représente l'héroïne d'un poème arabe où il est parlé d'amour, j'imagine que le lecteur serait d'abord surpris de s'entendre interroger sur le cours élémentaire de ses connaissances générales; qu'ensuite, et pressé de répondre, il décrirait sommairement la silhouette d'une jeune femme âgée de vingt-cinq ans, vêtue de huit robes impénétrables, recluse dans un harem aussi fortifié qu'une prison et traitée comme une esclave.

Or ce portrait serait justement à l'opposé de l'exactitude, et presque le plus faux que l'on pût offrir: on premier lieu, parce qu'à vingt-cinq uns une femme arabe est plusieurs fois grand'mère, et ne saurait plus (du moins physiquement) inspirer les poètes lyriques... Arrêtons-nous dès le début sur cette question d'âge où nous trouverons la clef de toute poésie orientale.

### I

La jeune fille arabe a de dix à douze ans.

Ceci est capital.

Elle a douze ans comme la jeune fille grecque. C'est la δωδεχέτις νύμφη des poètes de l'Anthologie. Nubile depuis plusieurs années, elle est femme par le corps et par la beauté; mais les transformations de sa poitrine et de ses hanches ne sauraient faire qu'elle ne soit restée, cérébralement, une petite fille. A Corinthe ainsi qu'à Bagdad elle joue encore aux osselets, une heure avant de suivre son premier amant; il n'y a pas de transition pour elle entre les jeux de la chambre et ceux du lit, rien de ce que nous appelons en Europe la «jeunesse», qui sépare l'enfance de la maternité. La jeune fille arabe est toujours un enfant, et c'est par là qu'elle donne le ton (de même que la vierge Hellène) à la poésie amoureuse toute naïve qui refleurit depuis trois mille ans autour des mers levantines.

Volontairement naïve est cette poésie, et sincèrement, et à propos. Que de sottises critiques n'avons-nous pas lues sur la «fausse naïveté», sur la «mièvrerie» de Daphnis et Chloé,—pour prendre cet exemple d'amours orientales. Mais Chloé a treize ans![7] et comment une petite bergère éolienne de treize ans s'exprimerait-elle selon la vraisemblance, si elle ne montrait pas ses façons puériles de sentir, de pleurer, de parler ou de se taire?

Les amantes qui sont nées dans nos pays froids, où tous les printemps sont en retard, même celui de la jeunesse humaine, éprouvent leurs premières passions à l'âge où leur éducation intellectuelle est terminée. Il est tout naturel qu'elles mêlent le monde abstrait au nouveau monde physique dont l'éveil bouleverse leurs âmes déjà grandes. Qu'une Mecklembourgeoise de vingt-quatre ans réponde «Infini» à qui lui dit «Amour», et personne ne s'en étonnera; elle peut disserter comme il lui plaît sur les affinités mystérieuses des êtres et même établir une corrélation raisonnable entre le mouvement circulaire des planètes et le manège du lieutenant qui gravite autour de sa blonde personne. Elle a eu tout le temps d'apprendre sa philosophie. Souvent même elle a fait le tour des vanités psychologiques et, vierge comme la Rosalinde de Shakespeare, elle pourrait dire comme celle-ci, lisant son premier billet doux: «Love is merely a madness.»

Mais une enfant de douze ans! A quoi peut-elle comparer les premières voluptés de son corps si ce n'est aux premières joies matérielles et simples qu'elle a pu goûter? Dira-t-elle que le désir est plus amer que le regret? non, mais «doux comme le miel» parce qu'elle est à l'âge où l'on aime le miel, et parce que la douceur des lèvres sur les lèvres, sensualité mal connue d'elle encore, ne lui rappelle guère que sa gourmandise.

Et voilà pourquoi le Cantique des Cantiques chante ainsi le bonheur d'aimer: «Il y a, sous ta langue, du miel et du lait[8].» Voilà comment, dans la plupart des poèmes arabes que l'on va lire, les métaphores même les plus complexes ne quitteront jamais le champ des réalités pour celui des abstractions. Ce n'est point que les poètes orientaux ne puissent briser le cercle des images visuelles; c'est que, lorsqu'ils parlent d'amour, ils doivent se refaire une âme d'enfant, par la nécessité même du sujet.

## II

Cette très jeune amante, cette femme-enfant, où et comment le poète la rencontre-t-il?

Est-ce à travers tous les dangers, au moyen de tous les artifices, ruses, fourberies et stratagèmes, dont la légende accréditée chez nous charge les mœurs orientales? est-ce dans cette forêt de mystères et d'embûches que les aventures d'amour poursuivent là-bas leurs fins naturelles?

Non; ceci n'est vrai que d'Alger, du Caire ou de Bagdad, cités exceptionnelles de ce grand peuple errant et libre qui est la famille arabe. Et même là, tant de secrets et de luttes insidieuses autour de la femme ne sont ordinairement que les péripéties, de l'adultère: sujet de contes et non de poèmes. L'innombrable littérature musulmane[9] où les complexités de l'adultère forment si souvent la trame du récit, excuse l'erreur où nous tombons lorsque nous nous imaginons volontiers l'amant arabe à cheval en pleine nuit sur un mur de harem avec un coutelas entre les dents et deux pistolets à la ceinture. Une telle posture n'est pas habituelle aux poètes, et si elle est encore ici romantique et byronienne elle ne pourrait pas servir d'illustration aux mœurs pastorales de la vieille Arabie.

Pastoral est en effet, essentiellement, le peuple arabe. Les Maures et les Mauresques des villes forment un rameau si différent de la souche originelle qu'il en semble presque étranger. Si les poètes terminent souvent leur vie chargée de gloire à la cour du Khalife, la plupart sont nés dans les plaines où la vie antique reste simple et à peu près immuable depuis les origines. Si quelques-uns, comme Abou-Nouas, célèbrent sur commande les maîtresses du souverain, la plupart continuent de chanter, avec le frisson de leur jeunesse lointaine, les jeunes filles de leur patrie, Yémen tout en fleurs, Liban couronné d'ombres, bords du Nil éblouissant et silencieux.

Là, et surtout en Arabie, si la femme mariée est sévèrement tenue, la jeune fille l'est beaucoup moins; non pas qu'on lui pardonne une faute éventuelle, mais parce qu'on la croit moins capable de la commettre et parce que le mariage précoce ne lui permet pas souvent d'égarer ses premiers désirs.

Ce n'est pas pour elle sans doute que le Koran édicte son fameux verset sur la décence des femmes[10], car elle est à peine vêtue d'une chemise, et dans bien des contrées, jusqu'au XIXe siècle, cette chemisé même ne lui est pas donnée avant son mariage.

Gabriel Sionite, savant religieux des Maronites du Liban, qui devint, en 1614, professeur d'arabe au Collège de France, nous dit son étonnement d'avoir rencontré dans les rues du Caire «des jeunes filles de 14 à 15 ans qui n'éprouvaient pas de pudeur à se promener sans aucune chemise, sans aucun voile, absolument nues»[11]. Il ajoute qu'aux environs du Caire et surtout sur la route de Jérusalem, cette nudité était la tenue ordinaire des jeunes filles au-dessous de quinze ans. Les caravanes chrétiennes voyaient sortir des villages cinquante jeunes personnes extrêmement honnêtes, mais toutes dans le costume d'Ashtoret, et comme il fallait bien s'adresser à elles pour acheter des provisions, cela n'allait pas sans péril de faiblesse pour les bons Maronites pèlerins.

Deux siècles plus tard, le grand ethnographe de l'Égypte, E. W. Lane, fait la même observation. «J'ai vu maintes fois dans ce pays, écrit-il, des femmes dans toute la fleur de la jeunesse et d'autres d'un âge plus avancé, n'avoir rien sur le corps qu'une étroite bande d'étoffe autour des hanches[12].»

Si même nous quittons l'Égypte pour l'Arabie propre, où la race est pure, nous trouvons çà et là une simplicité de costume qui n'est plus individuelle, mais ethnique. Le témoignage de Bruce est net. Entre l'Hedjaz et l'Yémen, au berceau même de la poésie arabe, il note en ces termes ce qu'il a vu: «Les femmes vont nues, comme les hommes. Celles qui sont mariées portent pour la plupart une espèce de pagne qui leur ceint les reins; mais quelques-unes n'ont rien du tout. Les filles de tout âge sont entièrement sans habits[13].»

Gardons-nous de généraliser: nudité de la femme en pays arabe signifie presque toujours indigence[14]. J'insiste néanmoins sur ce détail parce qu'il pose dans une familiarité singulièrement «pastorale» en effet les rapports entre jeunes gens.

Nue, ou à peine couverte d'une chemise flottante, c'est tout un, la jeune fille des tribus arabes proprement dites n'a guère de secrets à cacher devant les hommes même qui ne la courtisent point. Le seul respect de sa virginité la protège, avec la crainte de son père, et celle de Dieu.

Elle n'a pas, comme la mauresque, autour de sa personne précieuse, le triple voile, les pantalons lacés, les robes abondantes, l'enceinte des murailles et les ferrures des portes. Dès qu'on la touche elle est prise, si l'on ose la toucher, et si elle le permet.

Elle marche avec ses sœurs par les sentiers des champs, elle parle aux hommes qui passent, elle sait très bien entendre les vers d'amour et elle sait aussi leur répondre.

Un orientaliste a écrit que l'Arabie Heureuse était le seul pays où l'on pût mettre convenablement en scène la poésie bucolique.

## III

Le type arabe est le chef-d'œuvre de la grande famille sémitique, et par certaines excellences de beauté, il passe, même le type grec, orgueil de la famille rivale.

Incomparable par l'élégance de la stature, la force délicate et fine des attaches, la souplesse, la grâce et la vigueur du torse, la noblesse de la main, la lumière du regard, il se présente avec une majesté si naturellement royale, qu'il semble seul créé pour se draper dans la pourpre, apparaître à cheval et tirer l'épée.

Tel est l'homme de la race.

La femme, nous ne voulons pas la décrire ici avec ce que nous apprennent nos yeux européens. D'ailleurs, que nous apprendraient-ils? Les vierges arabes nous sont inconnues comme les femmes antiques, et le voile qui les recouvre vaut la pierre du tombeau. Sur quelques visages entrevus dans l'éclair de la surprise nous n'entreprendrons pas de juger ceux qui sont restés cachés. Les poètes seuls sauront nous peindre ce qu'ils ont pu seuls voir et chérir[16].

La première des beautés qui les attirent est la chevelure qu'ils décrivent somptueusement.

Les tresses de ses longs cheveux descendant jusqu'à sa taille et ressemblent à des grappes noires.

Ou bien:

Dans les boucles de ses cheveux, le peigne disparaît. Elle laisse tomber ses cheveux, ils roulent dans la poussière.

Le Khalife Yâzid dit mieux encore:

Est-ce la nuit qui tombe, ou vos cheveux lisses et noirs?

Le visage est souvent représenté comme une apparition au milieu des cheveux ou des voiles. Voici un vers magnifique de Tharafa:

Son visage est enveloppé par le manteau du soleil.

On la compare aussi à la lune, sur laquelle le voile passe comme un nuage léger.

Les yeux sont découverts même quand le voile est posé. Leurs paupières sont noires, poudrées de khôl; les sourcils peints étendent au-dessus du regard leur ligne allongée; plus les yeux sont obscurs et plus ils sont beaux.

J'ai vu des violettes dans un jardin; leurs feuilles étaient brillantes de rosée. Et chacune était belle comme une jeune fille aux yeux noirs qui a des larmes sur les paupières.

Ce regard humide est celui que les poètes rappellent le plus volontiers:

Elle m'a regardé langoureusement avec les paupières d'une femme qui s'est mis de l'eau sur les yeux.

Et les yeux sont toujours «de gazelle» est-il besoin de la dire? Les joues «de jeune gazelle brune» se rencontrent aussi, mais elles sont le plus souvent roses et parfois même très colorées.

Rouge sombre, presque noire nous est peinte la bouche par antithèse avec la blancheur des dents.

Elle rit de sa bouche sombre et montre des dents blanches comme des fleur d'anthémis arrosées de soleil, et ses gencives sont poudrées de khôl.

Quand les poètes parlent de bouche ils ne se bornent pas à la décrire de loin. Nabiga dit d'une jeune femme:

Elle désaltère celui qui couche avec elle, par sa bouche aux dents tranchantes, sa bouche délicieuse et fraîche comme le vin après le sommeil.

Le cou est droit comme le cou d'un jeune animal, et il est ferme sous la main. C'est là que le baiser commence:

Les parfums sont plus odorants sur la nuque d'une belle fille aux joues éclatantes.

Mais la beauté du visage ne serait que peu de chose si celle du corps ne se révélait par un triple caractère que tous les poètes arabes s'accordent à louer: fermeté des seins, finesse de la taille, ampleur de la croupe.

Les jeunes filles:

Elles cherchent à cacher leurs seins gonflés qui ressemblent aux grenades.

Une chanteuse:

Par la fente large de sa robe elle montre à l'amant qui la touche une mamelle grasse et toute blanche.

Une maîtresse:

Elle a pris mon cœur avec ses yeux... avec ses seins magnifiques où se pose un collier de corail.

Pour faire en quelque sorte équilibre avec la puberté triomphante de la poitrine, le poète admire

Une croupe faite pour se poser sur un coussin.

Il est fier de son amie, parce que:

Sa croupe ressemble à une dune de sable et la naissance de ses cuisses est grassement plissée.

Ces poésies s'adressent, il est vrai, à des amoureuses de douze à quinze ans, mais qui sont, comme on le voit, des fillettes assez dodues.

Enfin, s'il faut aller jusqu'où les écrivains orientaux achèvent leurs descriptions, un court fragment pourra suffire à compléter ce tableau sommaire:

Si tu la touches, tu prends à pleine main un sexe solide et saillant qui remplit presque toute la paume[17].

Parfois le poète est plus concis, et au lieu de décrire une à une les beautés de sa maîtresse, il la peint en une seule phrase, mais avec quelle intense et profonde poésie:

Je charme les jours de pluie (bien que la pluie à elle seule me soit agréable) sous une tente soutenue par des pieux, avec une fille délicate qui porte des anneaux et des bracelets suspendus à ses membres comme des fruits.

Les métaphores ont presque toujours une extrême simplicité de termes dans leur magnification même. Elles sont prises de la nature, du ciel et du sable, des fleurs et des eaux. Elles n'ont pas, ou rarement, la complexité précieuse et pénible des métaphores persanes qui seraient souvent incompréhensibles sans les traités de rhétorique par lesquels les Persans expliquent leurs poètes[18]. Si l'on n'emploie guère en arabe que cinq métaphores courantes pour désigner les sourcils, les Persans se vantent d'en former treize[19]. Si le visage est symbolisé de huit manières en arabe, les Persans prétendent pouvoir le comparer à quarante-cinq objets[20]. Ce n'est pas que leur langue soit plus riche, au contraire; mais leur poésie plus cérébrale que réellement passionnée, s'abandonne aux divertissements.

L'Arabe, lui, pourrait se passer de la métaphore, puisqu'il a le synonyme, grâce à l'immensité de son vocabulaire. Chaque mot qu'il emploie fait image et néglige son épithète comme un vêtement inutile à sa splendeur; mais parfois il la ramasse, l'accumule, s'en pare et s'en glorifie, et revêt en passant la métaphore classique avec une sorte de respect pour ce très ancien costume consacré par les âges.

Tel décrit simplement:

Ses cheveux bouclent... Au milieu des tresses roulées, ou flottantes disparaissent les peignes.

Tel autre qualifie avec exubérance:

Je connais une dame au ventre étroit: elle a des cheveux embaumés d'ambre, noirs comme les corbeaux, abondants, nattés.

S'ils reprennent indéfiniment les figures traditionnelles, ils savent à merveille renouveler leur charme. Après avoir cent fois comparé à des perles les dents de son amie, Abi-Ouardi nous enchante par cette simple tournure de phrase:

Ton collier le plus beau est celui de tes dents.

S'ils inventent c'est avec prudence et logique. El Ançari compare deux yeux à des lacs languissants bordés par la rive noire de la paupière; et, dans sa langue, la métaphore est toute naturelle puisque le mot ع ين signifie à la fois «œil» et «source». Abi Ouardi parle de «paupières en larmes, gonflées comme des mamelles pleines»—et nous ne songeons pas à trouver l'image hyperbolique, tant elle est juste.

Moins voluptueux (ou d'autre façon) que les Hindous, ils s'attardent moins qu'eux à peindre la femme transfigurée par le plaisir passé, abattue par la lassitude des sens. C'est debout et prête à les vaincre, c'est fière et vierge qu'ils l'admirent, comme si leur amour était un combat où le plaisir de lutter est à plus haut prix que la victoire elle-même.

Ils aiment à figurer l'héroïne de leurs poèmes tantôt comme une «gazelle» qu'on poursuit à la chasse, tantôt sous la forme d'une «lance» que l'on saisit, flexible et fine.

Ses yeux belliqueux menacent ceux qu'ils regardent sous les «petites épées noires» qui sont les cils; et les longues mèches de sa chevelure sont les «serpents» qui la défendent: les serpents protecteurs de sa virginité.

## IV

Telle est, fleurie de métaphores et d'hyperboles, la beauté de la femme arabe vue par son poète; mais nous n'aurions même pas esquissé le groupe formé par les deux amants si nous n'admirions pas, en terminant, la vénération que la femme inspire et qu'on ne le lui dénie jamais,—du moins dans le style poétique.

Nous parlions plus haut de la familiarité patriarcale qui rapproche nécessairement les jeunes gens d'une même tribu. Elle s'arrête au premier amour.

Quel que soit le rang du poète, fils d'esclave comme Antar, ou Khalife comme Yazid, et quelle que soit la femme dont il se dise épris, l'amour monte de l'un à l'autre; il reste un hymne même lorsqu'il est une chanson.

L'amant respecte cet amour. Il l'honore et d'abord il le cache.

Presque jamais nous ne savons quelle est la jeune fille aimée. On ne nous dit rien qui la désigne. A partir d'une certaine époque, on la travestit sous un nom d'homme; et entendez bien que cela est par pudeur, non du tout par perversité. Dans les premiers âges de la poésie arabe, l'auteur déroutait les curiosités en disant toujours: c'est une veuve. Entendez bien aussi que cela n'était jamais vrai.

Mille délicatesses de sentiments naissent de cette passion qui connaît le secret. On ne lira pas sans étonnement l'un des plus sensuels poètes de l'école d'Ebn-el-Farid écrire ce vers pétrarquisant:

Je demande où elle est: et elle est en moi[21].

On admirera cette très jolie expression d'une jalousie qui ne veut pas douter:

Donne-moi ta fidélité, puisque tu ne peux pas me donner ta présence[22].

On lira pour la première fois, chez un poète du VIIe siècle, cet enfantillage charmant et qui semble du XIXe:

J'aime le nom de Leila. J'aime les noms qui ressemblent au sien[23].

On verra partout la passion se hausser jusqu'à la tendresse, jusqu'à l'avènement du baiser: «L'étreinte rapproche-t-elle vraiment davantage?» dit Ebn-el-Roumi[24].

Partout enfin on reconnaîtra ce respect de la vierge et de l'amante, sous la forme à la fois pompeuse et discrète, ardente et chaste, qui est restée celle de nos mœurs françaises et que nous appelons d'un mot inconnu des anciens: la galanterie.

En effet, qu'on y prenne garde; il ne s'agit pas ici d'un rapprochement; il y a filiation entre cet esprit et le nôtre.

La plus belle époque de la littérature arabe est celle qui précède le siècle des croisades. Nos premiers chevaliers sont entrés en Orient au milieu de la splendeur dont elle témoignait, car la littérature est le miroir des temps. Haroun-el-Raschid était mort depuis plusieurs siècles déjà. La civilisation musulmane s'affinait à son apogée. Feros victores cepit. Si l'on ne fait pas remonter plus avant dans l'histoire la noblesse française, c'est qu'en vérité elle n'existait point avant que la noblesse arabe ne lui eût donné sa forme, son incomparable modèle. Le caractère français dans sa forme actuelle date de cette Renaissance suscitée par les croisés. Beaucoup des qualités dont nous sommes le plus fiers sont dues à l'influence durable des mécréants vaincus sur ces victorieux. Il est certain qu'en particulier si le mot «galanterie» est presque intraduisible dans les langues germaniques, s'il exprime une nuance d'égards qui est purement française ou espagnole, c'est que les deux grands peuples à l'Occident du Rhin se sont trouvés encore presque barbares, sous le resplendissement de la civilisation sarrasine. Dans cette longue marche à travers le monde, du foyer de Hunding aux palais de Saladin, nous avons changé d'exemples et de vertus traditionnelles: il y a cette distance entre le nom de Frank et celui de Français.

## DEUXIÈME PARTIE

## LA DÉSESPÉRÉE

Ce logement d'ouvriers comprenait deux pièces et une toute petite cuisine, mais aucune des chambres n'était assez large pour contenir à la fois les deux lits de la famille. Dans la première couchaient les parents avec le dernier-né. Dans la seconde était l'autre lit, pour le fils et les petites filles: Julien, dix-huit ans; Berthe, quatorze, et Sylvanie, neuf ou dix.

Depuis plus d'une heure tous étaient couchés. Dix heures venaient de sonner à l'église de Grenelle. L'air lumineux et doux de la lune et de la nuit descendait par la fenêtre ouverte, dans la chambre des «enfants». Tous trois reposaient sur le côté, Julien tournant le dos à la petite qui dormait au bord du matelas; et Berthe s'allongeait en face de son frère, la joue sur le bras, les yeux grands ouverts.

Julien lui toucha la jambe:

—Tu ne dors pas?

Elle fit nerveusement:

—Et toi?

Il fixa quelque temps ses yeux sur les siens et reprit en lui serrant le genou dans sa main affectueuse:

—Tu penses à lui?

Elle ricana:

—Et toi, tu penses à elle?

Soulevé sur un coude, il secoua très doucement la tête avec un regard plein de pitié aimante, un regard de grand frère qui a déjà vécu et qui sait ce que c'est qu'un premier amour. Berthe, serrant les dents pour ne plus parler, avait pris le bout de sa natte entre ses doigts et elle ajustait machinalement le petit nœud, fait d'une ganse noire, qui étranglait la mèche blonde.

—Pauvre gosse, reprit-il, pauvre petite gosse, sais-tu comme tu as changé depuis l'autre mois? Tu ne dors plus de la nuit, tu ne manges plus, tu n'as plus de couleurs ni de santé. Est-ce que ça va durer longtemps, cette vie-là?

Elle répondit avec tranquillité:

—Probable que non. Je me suicide demain.

D'un seul mouvement, il l'empoigna par les épaules et la maintint en tremblant des deux bras:

—Tu te... Qu'est-ce que tu dis? Qu'est-ce que tu as dit? Es-tu folle?

D'abord, elle se blottit la tête, comme si elle craignait d'être giflée, puis, perdant soudain toute contenance, elle ne put retenir ses joues de se contracter, ses larmes de jaillir, et ce fut en sanglotant qu'elle répéta tout bas dans le silence de la chambre:

—Oui, je me tue, Julien; oui, je me tue... On n'entendra plus parler de moi... Ça sera fini de Berthe une bonne fois et maman sera contente, puisque je suis si vicieuse, qu'elle dit, si potée à mal tourner... Le bon Dieu sait pourtant que c'est pas vrai, que j'ai rien fait de mal avec personne, même avec mon petit ami... Je me tue comme ça, je ne peux plus durer, j'ai trop de malheurs dans la vie... Depuis que je suis au monde, j'ai eu que des coups, tout le temps des coups, et des mots comme à la dernière des dernières... Je travaille mes douze heures par jour, je fais tout ce que je peux d'ouvrage, et le samedi, quand je rapporte mes quatre francs cinquante de ma semaine, maman ne rate pas de me dire que ça ne paie pas ma nourriture et les bottines que j'use en courses... Eh bien! voilà, quand je serai noyée, je ne coûterai plus rien à personne et ça sera tout débarras. J'irai demain à l'île des Cygnes, on n'a qu'à se faisser glisser, j'aurai plus de courage qu'à me jeter d'un pont. C'est bien décidé, va, Julien, on peut se dire adieu jusqu'à demain la Morgue.

Julien comprit que cette grande douleur devait avoir une autre cause. Il prit sa petite sœur dans ses bras, et quand sa propre émotion lui permit d'articuler deux mots, il lui dit à l'oreille:

—Et Jean?

Alors les sanglots redoublèrent.

Mon petit Jeannot, mon petit Jean, pleurait-elle; mon beau petit Jean!

—Voyons, raconte-moi, Berthe, il faut dire tout, maintenant; depuis quand vous connaissez-vous?

—Depuis le 14 de l'autre mois.

—Où est-ce que tu l'as rencontré?

—Boulevard Montparnasse.

—Comment ça?

—Sur un banc.

Et, de question en question, il parvint à savoir, mais lentement et à grand effort, tout le secret de cette pauvre petite existence qui voulait déjà s'anéantir.

«Jean» était un ouvrier de seize ans, à peine sorti de l'apprentissage et bon ouvrier autant qu'on pouvait croire celle qui parlait de lui. (Il avait toutes les qualités.) Lui et elle s'étaient rencontrés par un de ces hasards de Paris, qui, parmi trois millions d'hommes, réunissent deux amoureux. Il l'avait trouvée gentille, elle était devenue folle de lui et tout de suite ils étaient montés jusqu'à ces grandes passions sentimentales, qui transforment si vite deux enfants en personnages de tragédie.

Le jeune homme n'avait nullement essayé de séduire cette modiste de quatorze ans à la façon d'un bourgeois qui l'eût suivie sur le trottoir. Très honnêtement il lui avait demandé sa main, comme on la demande dans le peuple de Paris, entre fiancés qui ont déjà l'âge du travail indépendant, sans avoir atteint l'âge des noces. C'est-à-dire qu'il lui avait offert la vie commune, l'entrée en ménage et le serment de s'aimer toujours. Plusieurs soirs de suite il vint la prendre à la sortie de l'atelier pour causer avec elle tout le long du chemin sans trop retarder l'heure de son retour, et tout fut décidé entre eux, jusqu'à la chambre qu'ils loueraient, jusqu'au budget de leur avenir. Il gagnait quatre francs par jour, elle soixante-quinze centimes; c'était assez pour vivre tranquillement, et même pour avoir un bébé. Une fois ou deux ils s'attardèrent dans les squares écartés, derrière les massifs, sans échanger d'autres voluptés que celles du bras autour de la taille et de la bouche sur la bouche; mais cela seul suffisait bien à les empêcher de dormir la nuit suivante.

Ils en étaient là, quand la petite Berthe commit l'imprudence de se laisser surprendre par une voisine, à la limite de son quartier. La mère en fut vite avertie; la scène qui suivit, je la laisse à penser. La pauvre fillette fut battue pendant vingt minutes, et, à chaque coup, sa mère lui criait un des innombrables mots qui désignent les prostituées, ou une des phrases qui expriment le plus crûment l'emploi de leur temps. A dater de là, elle alla chaque soir prendre sa fille à l'atelier, quitte à lui reprocher le long de la route l'heure que cela lui faisait perdre; et ce fut, entre Berthe et Jean, la séparation brutale.

Julien écoutait la petite désespérée qui pleurait à chaque mot, à chaque souvenir, et frémissait de la bouche comme une agonisante. Il y avait des larmes partout, sur le traversin, sur la chemise, au bord du drap, tout le long du bras et des mains.

Gronder les fillettes qui parlent de suicide, les traiter de sottes et les intimider par la menace ou la violence, c'est la première idée qui vient à l'esprit. Mais Julien connaissait bien le caractère de sa petite sœur; il savait qu'elle ferait comme elle avait dit et qu'il n'y avait pas deux moyens de lui rendre le goût à la vie.

—Tu le reverras, dit-il, je m'en charge. Tu le reverras demain, et pas pour un moment. File avec lui, ma Berthe, ils ne vous trouveront pas quand vous serez montés a Belleville...

De nouveaux sanglots l'interrompirent:

—On se reverra plus... Il part, demain, au matin... Il m'a écrit à l'atelier... Il s'est mis dans l'idée que j'ai un autre amoureux, parce que j'ai pas trouvé moyen qu'on soit ensemble depuis quinze jours... Il me dit qu'il m'attendra ce soir à l'île des Cygnes jusqu'à minuit, sous le pont du chemin de fer en cas qu'il pleuvrait, et que si je n'arrive pas, qu'il part à Saint-Étienne où que son oncle l'emploiera... Je peux pas sortir d'ici la nuit, mais j'irai demain à la même place et je serai contente de mourir juste à l'endroit qu'il m'attendait.

Julien sauta du lit:

—Veux-tu bien t'habiller tout de suite! En voilà des histoires de l'autre monde pour une nuit de plus ou de moins que tu resteras chez nous! Les onze heures ne sont pas sonnées. Tu vas te nipper en cinq minutes, et, comme je ne veux pas te laisser seule faire la rue de Javel à cette heure-ci, je descends avec toi, ma gosse, on ne te dira pas de boniments.

Berthe, égarée de surprise et soulevée de joie, se laissa glisser du lit, courut vers la chaise, prit ses bas, ses jarretières, sa chemise... Elle ne quittait pas son frère du regard, et se frottait les yeux, l'un après l'autre, un peu pour essuyer ses larmes, mais surtout pour être sûre qu'elle avait bien vu, bien compris, que son Julien ne se moquait pas d'elle, qu'elle allait sortir, partir, ne plus se tuer, ne plus avoir de peines et entrer de toutes ses forces dans tous les bonheurs de la vie.

Elle était haletante et légère; un sourire continuel lui laissait la bouche ouverte dans un épanouissement de joie. Elle ne savait plus bien ce qu'elle faisait; après avoir mis ses bas, elle les jeta, en prit d'autres, atteignit dans l'armoire sa belle chemise, avec un petit pantalon neuf qu'elle s'était festonné elle-même. Avant de s'habiller, elle empoigna une éponge humide, la frotta sur son corps, de la tête aux pieds, et s'essuya d'un torchon propre. Elle avait caché au fond d'un tiroir pour un sou de poudre de riz; elle s'en mit sur le bout du nez, sur le front et sur les joues. Se coiffer, maintenant! elle avait oublié. En trois tours de doigta sa tresse fut dénattée, peignée d'un coup de peigne si hâtif qu'elle arracha quarante cheveux; les épingles de fer et de celluloïd étaient là au coin de la cheminée; bien vite, tout fut relevé, fixé, bouffé, lustré, arrondi. Elle attrapa sa jupe du dimanche, sa chemisette à pois rouges toute fraîche empesée, sa ceinture de cuir et sa cravate rose, puis son unique paire de bottines, son canotier, son parapluie, tout ce qu'elle possédait enfin.

—Tu n'es pas prêt encore! dit-elle à Julien.

Il ne s'en fallait que d'un instant.

Comme ils allaient franchir la porte, elle aperçut, dormant toujours au bord du matelas, sa petite sœur Sylvanie que rien n'avait éveillée.

—Pauvre Ninie, dit Berthe en penchant la tête. Il n'y a qu'elle que je regrette le jour que je pars d'ici. Toi, tu viendras me voir, dis, Julien? On s'écrira, poste restante?... Mais qu'est-ce que maman va te dire, quand elle verra que suis filée? Tu n'as pas fini d'en entendre!

—Je ne rentrerai pas non plus, fit Julien plus tristement. Tu avais raison, tout à l'heure. Si tu penses à Lui, je pense a Elle.

## LIBERTÉ POUR L'AMOUR

## ET POUR LE MARIAGE

C'est une des superstitions de

l'esprit humain d'avoir imaginé

que la virginité pouvait être une vertu.

**VOLTAIRE.**

### I

### LIBERTÉ POUR L'AMOUR ET POUR LE MARIAGE

Ou vient de publier la statistique de la natalité française pendant l'année dernière. Les chiffres baissent d'année en année. La dépopulation suit sa marche avec une constance désormais certaine. Depuis treize ans, il naît en France 800,000 enfants par an. Il en naît 1,600,000 en Allemagne. M. Bertillon, par une opération mathématique du genre le plus simple, en conclut que dans sept ans d'ici chacun de nos soldats aura deux adversaires. Le présage est à retenir.

Pendant quelques jours, comme tous les ans à pareille époque, nous allons entendre une lamentation bruyante dans la presse et à la tribune. Des gens ouvriront de larges bras, baisseront la barbe et secoueront le front. On soupirera: «Pauvre France!» On dira aussi: «Décadence des mœurs!» Et la Chambre, par l'organe d'un orateur complaisant, accusera l'imprévoyance et l'égoïsme de chaque citoyen en particulier, sans se demander si elle n'a pas une part de responsabilité dans la situation qu'elle déplore.

Le mal est simple et net: les naissances baissent. Le programme de combat est simple également: influer de telle sorte sur les mœurs publiques que le nombre des naissances s'accroisse. Jamais vous n'obtiendrez un résultat sérieux avec des mesures latérales comme la levée d'un impôt sur les célibataires et autres balivernes d'opéra bouffe. Vous savez bien qu'ainsi vous frapperez M. N., qui a donné au pays, par voie de bâtardise, quatre soldats vigoureux, et qu'en même temps vous exempterez M. X., avec sa femme légitime qui pourrait être féconde mais qui préfère ne l'être point.

Vous ne réussirez pas davantage en promettant 45 fr. par an aux ouvrières qui voudront bien mettre sept enfants au monde, et elles vous diront pourquoi, si vous les interrogez.

Enfin, je reconnais que le droit de vote est un droit important, bien que je n'en use guère; mais il me semble que si j'étais mineur, terrassier ou maçon, et si je n'avais pas d'autres raisons de créer sept enfants misérables dans une petite chambre basse, l'honneur de voter deux fois pour mon conseiller municipal ne m'éblouirait pus au point de me rendre sept fois père.

Non. Agir sur la situation démographique d'un peuple, faire monter le chiffre des naissances annuelles grâce à des mesures législatives aidées de propagandes morales, ce n'est pas d'abord une question de primes, de petits impôts, ni de vote plural, c'est, avant tout, en bonne raison:

1° Délivrer les jeunes gens de tout les entraves que la société apporte au rapprochement des sexes;

2° Faire en sorte que la femme, âpres avoir conçu, ne soit pas amenée bientôt à s'en repentir et à s'en cacher.

Or, s'il est vrai que le législateur et les classes dirigeantes exercent une influence quelconque sur la natalité en France, ils l'exercent, on le sait assez, précisément dans le sens contraire à celui-ci.

En effet, que se passe-t-il? On parle de propagande; quelle propagande fait-on dans la campagne et dans les faubourgs? Celle de la virginité.

Chaque année, de vieilles personnes animées d'un esprit qu'elles croient excellent, et confondant la vertu avec la continence selon l'équivoque traditionnelle, lèguent des titres de rente aux communes rurales, à charge pour les municipalités de couronner solennellement la jeune fille la plus «vertueuse». Et de toutes les vertus, quelle est la plus illustre aux yeux du donateur? Pourquoi le conseil municipal, la fabrique et les pompiers vont-ils entourer sur la Grand'Place cette jeune fille à glorifier comme une statue vivante? Est-ce parce qu'elle a sauvé la vie de quelqu'un? Non. Est-ce parce qu'elle nourrit de son travail ses petits frères ou ses vieux parents? Non; elle est seule et orpheline. Est-ce parce qu'elle a donné des fils à la patrie? C'est justement parce qu'elle lui en refuse! Si on l'acclame, si on l'embrasse, si le préfet la montre au peuple, si on lui joue la «Marseillaise», c'est parce que, belle, robuste et saine, elle s'opiniâtre contre tous dans la stérilité volontaire.

On reproche aux Carmélites d'être célibataires et vierges, mais quand ce même célibat, cette même virginité sont le fait d'une blanchisseuse, il n'y a pas assez d'orphéons, de quinquets et de pétards pour annoncer aux citoyens qu'on va leur présenter une fille dont la vie est un exemple.

Exemple qu'on peut suivre ou ne pas suivre, dira-t-on. Non pas!

En province, c'est-à-dire parmi 35 millions de Français sur 38, toute fille qui devient amante «fait une faute»; le terme est significatif. Les commères ne la reçoivent plus. On la fuit. Parfois on l'insulte. Si elle est domestique, on la chasse. Si elle est institutrice, on la dénonce, car la fornication est un péché mortel, même chez les anticléricaux. Vous vous rappelez qu'il y a quatre ans on a décapité sur la place de Rennes un petit vicaire de campagne, non parce qu'il avait tué son curé (cela n'était nullement prouvé), mais parce qu'on l'avait vu l'année précédente sortir d'un mauvais lieu avec un complet à carreaux qui fut retrouvé dans sa chambre. Le jury a décidé que quand on connaissait une fille de plaisir, on était par cela même capable de jeter un octogénaire au fond d'un puits, et le ministère de la justice a rejeté le recours en grâce, ce qui indiquait son assentiment.

Pour les autorités comme pour les commères, rien ne recommande mieux un homme ou une femme que la modestie des mœurs, c'est-à-dire la stérilité. «Ce garçon-là est si rangé! Cette fille n'a jamais fauté!» Quand on a dit cela on a tout dit; les portes s'ouvrent, les salaires montent; la confiance se donne et l'avenir est sûr. Dans le cas contraire, la jeune fille voit se fermer devant elle à peu près toutes les maisons, sauf les maisons de tolérance où la police la conduit par la main. Veut-elle être maîtresse d'école? buraliste? télégraphiste? Les administrations exigent d'elle au préalable un certificat de bonne vie et mœurs, et, comme elle ne peut en produire, on biffe sa candidature.

Encore lui pardonnera-t-on quelquefois si sa vie intime est discrète et, dans tous les cas, inféconde. Mais dès que sa conduite aboutit à sa conséquence naturelle, qui est la grossesse, alors tout est perdu.

Il n'y a pas un ménage sur cent, capable de supporter le service d'une bonne enceinte. Voilà cette fille dans la rue. Presque toujours son amant l'abandonne. Elle n'a pas de gîte, pas de ressources. Si elle demande du travail on la traite de gueuse et si elle mendie on la flanque en prison.

Oui, je sais bien, l'Assistance Publique la recueille. Savez-vous quand? Trois jours avant son accouchement. Et savez-vous quand on la met dehors? Le huitième jour si elle n'a pas de fièvre. Elle ne peut pas marcher? Qu'elle se couche! Il y a des bancs dans les avenues.

Maintenant, mettons les choses au mieux. Elle guérit à la belle étoile; par miracle son enfant ne meurt pas, et par miracle aussi, elle trouve un moyen d'existence, dans l'extrême faiblesse où elle est. Ce métier lui permettra-t-il de transporter du matin au soir un bébé à la mamelle? Presque jamais. Que fera l'État de cet enfant? A Paris, la mère peut se présenter aux Enfants Assistés; si elle n'a pas dix mois de séjour on la mettra simplement à la porte en lui promettant un pied de terre au cimetière de Bagneux dès que son petit sera mort de faim; si elle a dix mois de séjour, on examinera sa demande: il y a une chance pour qu'on l'admette, quatre ou cinq pour qu'on la repousse, et dans ces derniers cas, c'est toujours Bagneux qui reste l'unique assistance.

Mais en province, dans une population qui comprend les onze douzièmes des Français, le soin d'assister les femmes en couches est presque partout laissé à l'initiative des voisines, qui s'en délivrent bien souvent quand elles peuvent donner pour prétexte que l'accouchée n'est pas mariée. Elle est malheureuse, mais c'est une gourgandine, puisqu'elle a un enfant, et les commères ajoutent: «C'est bien fait! Elle n'avait qu'à se mieux conduire!»

Se mieux conduire, vous l'entendez bien, c'est toujours vivre stérile.

On me répond: «Non. C'est se marier.» Vraiment? Dites donc cela aux innombrables filles qui n'ont jamais trouvé de mari! Voilà qui paraît tout simple: se marier. Mariez-vous, c'est votre affaire. Mais les laides, les pauvres, les filles de condamnés, toutes celles dont personne ne demande la main, et qui trouveraient peut-être encore une heure d'amour, mais non pas une vie d'affection, pourquoi les condamnez-vous, vous l'État, a cette stérilité dont vous souffrez le premier? Pourquoi, le jour où elles conçoivent, ne les protégez-vous contre aucune avanie, aucun renvoi, aucune misère? Elles avaient rêvé le mariage; on ne le leur a pas accordé; elles vous donnent des fils quand même et le jour où elles sollicitent une modeste place dans un bureau de poste, vous les refusez sans examen?

On me dit encore: «Nous donnons des privilèges au mariage, dans l'intérêt même de la natalité, parce que la famille organisée est le milieu le plus favorable aux naissances nombreuses». C'est une erreur absolue. Le chiffre des naissances est en raison directe du degré de promiscuité: très faible dans les ménages bourgeois, très élevé dans les quartiers pauvres, et considérable chez les vagabonds. Loin de favoriser la conception des femmes, le mariage n'est souvent qu'une école mutuelle de stérilité volontaire. Mais j'admets que cette école soit en même temps une occasion quotidienne d'heureuses méprises, fût-ce au besoin par l'adultère furtif qui nous donne une bonne part des naissances légitimes. J'admets aussi qu'on puisse trouver d'autres raisons sociales de conseiller l'union régulière, bien que, sur ce point même, il y ait beaucoup à dire.—Vous souhaitez, que les jeunes gens se marient?

Pourquoi faites-vous tout ce qu'il faut pour qu'ils ne se marient pas?

Avant d'établir un impôt sur le célibat, on pourrait commencer par supprimer l'impôt sur le mariage: tous les frais d'actes, de timbre, d'enregistrement et de légalisation qui précèdent l'union civile. Déclarer que le pays a un intérêt capital à multiplier ses familles, et d'abord refuser d'unir tous les malheureux qui ne peuvent pas payer, ce n'est peut-être pas très intelligent. Le total des frais est peu élevé, sans doute, mais il n'y a pas de petites dépenses pour les bourses vides. Trente francs versés à l'État, cela ait cent pains de moins sur la planche: trois mois de nourriture, pour beaucoup. Comment s'étonner que le peuple s'abstienne?

Et non seulement ces actes sont coûteux, mais leur nombre est si grand, les démarches indispensables à leur réunion sont si compliquées et si diverses qu'on ne peut songer à posséder la liasse complète avant six semaines de patients efforts. L'État réclame en effet:

Les deux actes de naissance des futurs époux, ou, à leur défaut, des actes de notoriété dressés devant le juge de paix et homologués par le tribunal du lieu où sera célébré le mariage. S'ils sont nés à l'étranger: une double légalisation par les autorités du pays et par le ministre des affaires étrangères; la traduction de la pièce par un traducteur juré; le timbre du bureau d'enregistrement de l'arrondissement.—Deux certificats établissant le temps du dernier domicile des futurs époux.—La légalisation de ces deux pièces par le commissaire de police de chaque quartier.—Les consentements notariés des quatre parents s'ils sont absents.—Les deux enregistrements de ces deux consentements.—Si les parents n'existent plus, leurs actes de décès, ceux des aïeuls décédés, et les consentements des aïeuls survivants qui donnent lieu aux mêmes formalités d'enregistrement.—Le livret militaire du futur époux.—Le certificat de contrat délivré par le notaire.—Enfin (et je ne compte pas la permission de l'autorité militaire si le fiancé fait partie l'armée, ni s'il est veuf l'acte de décès de sa première femme, ni, s'il est divorcé, la copie de la transcription du jugement qui a prononcé le divorce), enfin, un délai de onze jours au moins et parfois de dix-sept jours pour les publications, et le certificat de non-opposition délivré par la mairie qui n'est pas celle du mariage!

Quand on pense que l'intérêt de l'État est de voir les mariages se multiplier, on se demande ce que l'administration pourrait inventer de plus si elle préférait qu'on ne se mariât point.

Parmi les dispositions qui précèdent, certaines brillent par une absurdité remarquable. Entre autres, celle qui concerne le livret militaire. J'entends bien qu'on espère ainsi aider à la recherche des insoumis; mais on serait naïf d'escompter, n'est-ce pas, leur dénonciation personnelle. En demandant un livret à ceux qui n'en ont point, on les met dans l'alternative, ou de rester célibataires, ou d'aller fonder une famille à l'étranger. Dans l'un et l'autre cas l'État se prive d'un foyer; il est sa propre victime, et loin de retrouver un soldat, il perd par-dessus le marché toute une escouade de marmots.

Certaines pièces ont pour but d'établir l'identité des fiancés et de prévenir par là les bigamies éventuelles, comme si la menace des travaux forcés qui punissent encore chez nous cette variété rare de l'adultère, ne suffisait pas à faire réfléchir les maris trop ambitieux. Toutes ces protections naissent d'un bon sentiment; on pourrait peut-être ne pas les rendre obligatoires, admettre que dans la plupart des cas elles sont parfaitement inutiles[25], qu'elles peuvent être inefficaces, et que d'ailleurs la bigamie est un crime moins grave que jadis depuis que le divorce a fait du mariage civil un engagement transitoire où l'erreur est prévue et toujours réparable.

Enfin la Loi, opposant avec une insistance maniaque des obstacles toujours nouveaux à des maternités possibles, interdit pendant un laps de temps considérable les mariages les plus jeunes, les plus sains, les plus féconds si le consentement paternel fait défaut à l'un des fiancés.

Ainsi nous avons, dans les campagnes du Midi et dans toutes les populations urbaines du Nord, des jeunes filles qui deviennent nubiles à l'âge de douze ou treize ans et qui ne peuvent à dix-huit ans fonder une famille où il leur semble bon, si leur père prétend avoir ses raisons de leur interdire le mariage. Personne n'a le droit de discuter les motifs de l'opposition. Le père invoque des raisons d'argent: c'est fort bien. Il se croit d'une meilleure famille que celle du prétendant: il n'y a rien à dire. Il préfère garder sa fille malgré elle, sans autres raisons à l'appui: c'est encore parfait. La jeune fille, si elle est amoureuse, peut choisir ce qu'elle aime le mieux, ou de s'enfuir ou de se suicider. Très souvent elle fait l'un ou l'autre. Et ici, comme tout à l'heure, je ne distingue pas très bien l'intérêt de l'État.

Mieux encore: le jeune homme n'est libre qu'à vingt-cinq ans. Nous touchons aux limites de l'absurde. On estime qu'à vingt-deux ans, un homme est assez mûr pour porter les galons de lieutenant. On lui confie quatre-vingt-quinze hommes avec la permission de les envoyer—sans le consentement de son père—se faire massacrer. Et sans ce même consentement on ne lui confie pas une femme qui l'aime assez pour le suivre? Il peut fonder une maison de commerce, une usine, une société, une colonie, mais non une famille? Il peut être médecin, professeur, architecte, chef de mission ou diplomate, mais on lui interdit d'être «mari» si tel est le caprice de ses ascendants?

Il est trop clair que les lois en vigueur n'ont pas été conçues spécialement pour favoriser la croissance de la natalité publique. On ne saurait s'en étonner. Ceux qui les ont codifiées au commencement de ce siècle n'avaient pas les mêmes raisons que nous de regarder l'avenir avec appréhension. En outre, l'organisation de la famille française s'est achevée sous l'influence du droit canon et du droit romain qui revêtaient hier encore un aspect d'éternité et qui nous surprennent aujourd'hui par l'imminence de leur déclin.

L'avenir est à ceux qui savent le prédire. Se réformer, c'est se conformer à l'évolution irrésistible et lente des sociétés en marche vers le but inconnu. Au milieu du siècle dernier, on traitait de songe-creux et de lunatiques ceux qui prétendaient aplanir les hiérarchies traditionnelles et renverser même la personne du Roi. Cependant la jeune Amérique n'a pas eu besoin d'un chef héréditaire pour dépasser en quelques années vingt nations vieilles de quinze siècles. Ainsi peut-être on reconnaîtra bientôt que la famille elle-même, telle qu'elle est ordonnée aujourd'hui n'est pas la base intangible qu'on ne puisse alléger sans que tout s'écroule sur elle. On admettra qu'une nation vit par le nombre de ses nationaux plutôt que par l'équilibre de ses coutumes: c'est une pépinière, ce n'est pas un édifice. On saura qu'il vaut mieux pour elle créer des fils bâtards que de mourir stérile. On proclamera que nul, pas même l'État, pas même un père, n'a le droit de séparer deux êtres jeunes et sains lorsqu'ils ont exprimé la volonté de s'unir.

Si j'ose prévoir (et souhaiter) les mesures qu'on adoptera un jour dans cet esprit de justice et de liberté féconde, j'imagine qu'elles sont contenues dans les propositions du programme suivant:

I.—Combattre par l'enseignement moral l'opinion abominable qui représente la maternité comme pouvant être, dans une circonstance quelconque, une faute contre l'honneur, un état illégitime et infamant.

II.—Garantir pendant le temps de la grossesse et trois mois après l'accouchement les ouvrières et les servantes à gages contre toute possibilité de renvoi, à moins de faits délictueux ou criminels dûment constatés.

III.—Décréter que le certificat de bonne vie et mœurs, dans le sens où l'on entend généralement cette expression, ne pourra être en aucun cas exigé à côté de l'extrait du casier judiciaire qui est déclaré suffisant.

IV.—Créer, sur toute l'étendue du territoire, des Nourriceries d'Enfants Assistés où l'on recueillera jusqu'à la deuxième année tout enfant nouveau-né qui, par l'indigence de sa mère, se trouverait en danger de mort.

V.—Accorder les droits du mariage à tout couple qui exprimera librement la volonté de s'unir devant l'officier d'état civil, sans frais, sans délai, sans production de pièces, et sans aucune soumission au consentement d'un tiers.

24 novembre 1900.

## II

## HISTOIRE D'UN FIANCÉ

Célibataires, le Sénat vous menace d'un impôt égal au quinzième du principal de vos contributions. C'est-à-dire qu'un ouvrier qui verse trente francs par an à la recette de son quartier, sans compter les centimes additionnels, devra désormais donner quarante sous de plus, si la loi est votée.—Bien.

Votre voisin nourrit et habille six enfants. Vous, vous payerez deux francs par an le droit de vous nourrir tout seul. Le Sénat appelle cela «égaliser les charges» et conseiller le mariage aux citoyens français. Je ne discute pas.

Lisez maintenant ce qu'il en a coûté à l'un de vos camarades pour avoir voulu se marier dans notre doux pays.

L'histoire est typique; elle est complète; et, par-dessus le marché, elle est vraie. Il ne lui manque rien pour servir d'exemple.

Au mois de juin dernier, M. D..., ouvrier mécanicien, ancien sous-officier d'artillerie, rencontra Mme X..., qui accepta de devenir sa femme.—Il avait trente ans; c'est un âge où l'on est, je crois, majeur. D'ailleurs ses parents l'approuvaient. Quant à la jeune femme elle était orpheline et divorcée, c'est-à-dire civilement aussi libre que possible. Rarement un projet de mariage se présente dans des conditions aussi favorables.

M. D... réunit les papiers nécessaires, prit son acte de naissance dans son tiroir, son certificat de résidence chez sa concierge, il courut chez le commissaire de police pour obtenir la légalisation de cette dernière pièce, il se procura, mais à grands frais, les actes de décès des parents de sa fiancée; les fit dûment enregistrer, enfin, n'oubliant pas même son livret militaire, il se présenta, sûr de lui, à la mairie de l'arrondissement.

«Monsieur, fit l'employé, votre acte de naissante est périmé. Depuis la loi de 1897, aucun acte de l'état civil ne doit avoir plus de trois mois de date. Faites-en faire un autre, et payez.

—Mais... l'État me demande quel jour je suis né. Je le lui dis. Je ne peux pas le lui dire plus clairement une seconde fois. Le nouvel acte que je vous apporterai sera identique au premier, puisqu'ils seront tous les deux copiés sur la même page du même registre....

—Monsieur, la loi est la loi. Faites une pétition à la Chambre si vous n'êtes pas content.»

L'ouvrier se retire docilement. Rentré chez lui, il écrit au maire de son village natal, fait queue à la poste le lendemain matin pendant vingt minutes pour expédier un mandat de 2 fr. 55, rogne son dîner comme son déjeuner, et attend la réponse du maire.

Deux jours plus tard, coup de théâtre. Un événement imprévu, une lettre, un cri de joie: ses parents sont devenus riches. Et alors, d'une heure à l'autre, ces mêmes parents qui trouvaient Mme X... charmante tant qu'ils étaient pauvres, s'opposent brusquement à son entrée dans la famille. Un billet de loterie a fait le miracle. Ils n'ont rien à lui reprocher que d'être restée, ce qu'ils étaient, mais c'est assez pour qu'ils la refusent, comme une honteuse mésalliance. Supplications du fils, discussions, arguments, scènes violentes, rien n'y fait. Il a donné sa promesse: cela n'a aucune importance. Il aime: cela n'est pas sérieux. Elle aime aussi: on s'en moque bien.

Le héros de cette histoire, un brave homme décidément, n'hésita pas. Non seulement il n'alla point chercher ailleurs la belle dot que son père voulait lui faire toucher, mais il renonça même à l'héritage promis: il fit les sommations.

Savez-vous ce qu'il en coûte à un malheureux ouvrier pour faire établir, qu'il est majeur à trente ans, et qu'il a le droit de se marier où il aime? Soixante-quinze francs.

M. D... épuisa ce jour-là ses dernières économies, mais il paya. Il y eut d'abord un mois de luttes, puis un mois de formalités. Sur ces entrefaites, une convocation à passer vingt-huit jours sous l'uniforme vint encore retarder le mariage.

Lorsqu'il fut de retour à Paris, notre mécanicien se crut sauvé. Enfin tous ses actes étaient en règle, les sommations avaient touché: la voie était libre, en un mot.

Il se rendit à la mairie avec sa liasse de papiers et exprima timidement le désir de voir les publications affichées le dimanche suivant.

«Monsieur, répondit l'employé avec un gracieux sourire, si vous étiez venu il y a huit jours, c'eût été parfait; mais ces pièces sont du mois de juin, nous voici le 7 octobre, tous vos actes sont périmés.

—Comment, une seconde fois?

—Une seconde fois. Veuillez faire refaire tous les actes, ceux de naissance comme ceux de décès, tous les certificats et toutes les légalisations. Inutile d'ajouter que les formalités d'enregistrement sont redevenues nécessaires comme en juin dernier.

—Et il faut tout payer encore?

—Bien entendu.»

Pour la troisième fois, l'ouvrier fit les quinze démarches et paya les quinze additions. Je me demande comment il s'en est tiré; mais le législateur ne se le demande pas, soyez-en sûrs. Partout où il se présentait, on le saluait comme une vieille connaissance. «C'est encore vous? Enchanté de vous revoir. Entrez donc.» Il n'avait plus que des amis dans tous les greffes et dans tous les bureaux de Paris, et quand il s'en allait on lui disait: «A bientôt!»

Un pâle jour de novembre, ce Juif-Errant de l'État-civil, qui n'avait plus même en poche les cinq sous d'Ahasvérus, remonta lentement l'escalier de la mairie où il avait toutes ses habitudes, et en entrant dans le bureau des mariages, il demanda d'une voix résignée désormais à tout:

«Voici mes papiers. Cette fois-ci, pourquoi ne sont-ils pas en règle?

—Mais il me semble qu'ils le sont.

—Ce n'est pas possible.

—Si fait. Nous allons procéder aux publications. Vous épousez donc mademoiselle...

—Non: «Madame»... Elle est divorcée.

—Alors il manque une pièce, en effet: la copie de la transcription de l'acte qui a prononcé le divorce. Courez au greffe du tribunal civil et rapportez-moi cela.

—Ah! je vous le disais bien» soupira le malheureux.

Une heure après, il était au greffe, où on lui répondait qu'on serait enchanté de copier pour lui la pièce dont il avait besoin, et que cela coûterait une vétille: cent quatre-vingt-dix francs avec quelques centimes.

«Cent quatre-vingt-dix francs! mais où voulez-vous que je les prenne!»

C'était le dernier coup.

Tout mariage devenait matériellement inaccessible.

Le sympathique ouvrier qui m'écrit cette longue histoire, «si triste et si burlesque à la fois», comme il le dit lui-même, termine sa lettre par ces mots:

«Il n'y a qu'une solution possible pour moi. Je mettrai dix francs par mois de côté. Au bout de dix neuf mois, je pourrai peut-être enfin me marier. Mais à ce moment-là tous mes actes seront périmés pour la quatrième fois, et alors je recommencerai ma promenade dans les greffes, bien heureux si l'impôt projeté ne vient pas me frapper dans l'intervalle comme «célibataire endurci».

Vraiment (et beaucoup de lecteurs sans doute devinent la phrase) je trouve que M. D... est bien patient envers des lois aussi vexatoires que les nôtres.

Si j'ai un conseil à lui donner, c'est de garder cette somme énorme—190 francs—pour la layette de son premier enfant qui en aura bien besoin, le pauvre petit. Depuis six mois, on refuse de marier cet homme et cette femme: qu'ils n'insistent pas. On les a ruinés: qu'ils arrêtent les frais. Et s'ils tiennent absolument à porter un nom identique, j'offre de leur faire faire, à mon compte; chez un graveur, deux cents billets de part ainsi conçus:

«Madame X... et Monsieur D... ont l'honneur de vous informer qu'à partir du 25 décembre 1900, ils se considéreront comme mariés.»

Tous les honnêtes gens du quartier, j'en réponds, leur donneront raison.

La moralité de cette anecdote s'inscrit logiquement à sa suite. M. Piot, par son projet d'impôt, espère établir entre le célibat et le mariage un parallèle avantageux pour la vie conjugale. Nous allons faire pour lui la comparaison.

D'une part, voici M. A..., contribuable, taxé à 30 francs. Il est célibataire; il n'a chez lui ni femme, ni maîtresse, ni enfants. Qu'au dehors il soit chaste ou fréquente les filles, cela n'importe point: dans les deux cas, il est infécond.

Pour prix de cette infécondité, M. Piot lui demande DEUX FRANCS.

Voici d'autre part M. D..., le héros des aventures qui précèdent. Je le suppose lui aussi taxé à 30 francs. Il a voulu se marier selon le vœu de l'État, et voici que l'État lui demande avant de le lui permettre[26]:

Frais d'actes, correspondance et courses (environ) 60 fr. 00

Trois nouvelles séries des mêmes frais par suite de péremptions 180 fr. 00

Sommations respectueuses 75 fr. 00

Copie de la transcription d'un jugement de divorce 190 fr. 00

Total 505 fr. 00

Et le comble, c'est qu'on lui réclamera quand même 2 francs d'impôt par an si sa femme est stérile malgré elle!

Ajoutez à cela les frais de la noce, puis toutes les dépenses de logement, de vêtements et de nourriture que nécessitera son nouveau foyer, et dites de quel côté descend la balance que M. Piot tient suspendue à son doigt sénatorial.

La nature a donné des charges écrasantes aux familles nombreuses, et l'État vient encore accabler ceux qui fléchissent déjà dans l'appréhension des misères futures.

Majorité tardive, opposition des parents, refus d'autoriser venant de l'administration ou des supérieurs militaires, nombre des démarches, importance des frais, longs délais, péremption des pièces,—quoi encore? les lois et les règlements amoncellent leurs barricades sur toutes les routes qui mènent à l'union civile. La forteresse du mariage est une place qu'il faut emporter contre tous. Avant d'obtenir la permission d'être utile à son pays en fondant une famille de plus, il faut satisfaire un Code suranné, un fisc aux cent bouches, une famille égoïste, avare ou haineuse, une hiérarchie de supérieurs tracassiers ou malveillants.

Combien succombent dans cette lutte, qui ne se marieront plus jamais, après avoir passé à côté du bonheur! Dans l'amas des lettres que j'ai reçues à l'appui de mon premier article, je trouve l'histoire d'un jeune homme qui entendit ce mot d'un père: «Une femme en vaut bien une autre!» Ah! vous croyez cela, vieillards! le jour où vous brisez la vie de votre enfant, vous croyez qu'il se guérira, qu'il pardonnera, qu'il oubliera, et que vous réussirez plus tard à jeter dans son lit une dinde grasse, avec un portefeuille d'actions! Combien en pourrais-je citer qui sont morts sans avoir voulu se laisser consoler ainsi!

Mais l'État ne s'en inquiète point. L'État règne. Même sur les questions qui le regardent le moins, il entend faire accepter non ses avis, mais ses ordres. Jusque dans la ruelle du lit, il faut qu'il exerce ou délègue son autorité stérilisante. Souveraine est sa morale nuptiale, et peu lui importe de savoir sur quelle routine il l'établit. Épousez une actrice, décorée ou non, Paris trouvera cela tout naturel; on en a d'illustres et de charmants exemples; mais si vous êtes receveur des contributions dans un trou d'Auvergne ou de Savoie, n'espérez pas obtenir de votre chef de service qu'il vous laisse épouser Agnès ni Chimène. L'administration en est restée là-dessus aux idées du dix-septième siècle. Il faut se soumettre ou se démettre, rester célibataire ou perdre son emploi. Pour beaucoup d'hommes, c'est le choix forcé entre le désespoir et la misère.

Par contre, quand le supérieur accorde son consentement, comme s'il prétendait lui donner l'auréole de l'infaillibilité papale, tout doit courber le front devant sa parole sainte. Voyez ce qui s'est passé à Melun. Un officier demande à épouser une femme divorcée; si son chef avait rédigé un rapport défavorable, on aurait contraint le malheureux à donner sa démission, à briser sa carrière, plutôt que de lui laisser prendre la femme de son choix. Mais le hasard veut que le rapport ne conclue pas au rejet de la demande, et, du jour au lendemain, il faut que toutes les maisons s'ouvrent. Les femmes des officiers sont en service commandé quand elles font des parties de tennis sur la pelouse de leur jardin.

Pour les seconds mariages comme pour les premiers, l'État ne semble préoccupé que d'interdire l'union partout où il le peut. Il trouve bon que les maris prennent des dispositions testamentaires en vue de déshériter leurs femmes le jour de leurs secondes noces. Bien plus: il donne l'exemple, en privant de tout secours si elles se remarient, les veuves qui obtiennent un bureau de tabac. Il défend à la femme adultère d'épouser jamais son complice, c'est-à-dire de fonder enfin une famille féconde et saine, avec le seul homme qu'elle aime, avec le père de ses enfants.

Ceci exposé sommairement et d'ailleurs connu de tout le monde, nous pouvons donc répondre à l'État qu'il est mal venu à reporter ses propres fautes sur la conscience des citoyens. En frappant d'un petit impôt les célibataires âgés de plus de trente ans, le Parlement voterait une loi dérisoire et inefficace que certains trouvent même injuste, mais qui se condamne assez par son impuissance, pour qu'on ne l'accable pas d'autres arguments.

Je ne suis ici qu'un porte-parole. Croyez que je ne plaide pas pour ma cause, puisque je n'ai pas encore trente ans et que je ne suis plus célibataire; mais si mon insistance est désintéressée, elle n'en sera que plus ardente, et plus libre.

Les familles sont trop peu nombreuses. Comment les multiplier?

Le Sénat répond:—En persécutant les gens qui ne veulent pas se marier.

Et il n'entend pas les milliers de voix jeunes qui lui ont crié de toutes parts:

—En nous accordant le mariage, à nous qui ne demandons que cela!

9 décembre 1900.

## III

## PLAIDOYER POUR ROMÉO ET JULIETTE

En France, nous sommes traditionnels. Nous avons le respect, non des choses établies, mais de la forme originelle sous laquelle ces choses demeurent à travers les siècles. C'est l'extérieur des institutions, et non leur essence, qui possède chez nous le privilège de l'inviolabilité.

—Qu'est-ce que le mariage? l'union d'un homme et d'une femme sous serment.—Ajoutez-y les cérémonies civiles ou religieuses qu'il vous plaira: tout le reste n'est qu'ornement et accessoire. L'Église même se défend de «marier» au propre sens du terme: elle bénit à l'avance le mariage futur des fiancés, celui qui se consommera dans la chambre nuptiale. Si l'on peut établir plus tard que la rencontre n'a pas eu lieu, que le mariage n'a pas été physiologiquement consommé, l'Église constate la nullité de l'union qu'elle avait préparée sans prétendre la conclure, moins présomptueuse en cela que l'état-civil. Et, pour que cette union soit qualifiée de nuptiale, il ne faut, devant le maire comme devant l'autel, qu'un serment.—Eh bien, nous trouvons, en France, toute naturelle la rupture de cette foi jurée. L'adultère est sympathique, cela est assez connu pour qu'il soit inutile d'apporter là une démonstration. Tout Paris pour le jeune amant, a les yeux de la femme mariée. Mettez-les tous les deux en scène, et une salle de deux mille personnes, de tout âge et de toute classe, applaudira, n'en doutez point.

Mais:

Devant le même public et dans le même théâtre, introduisez un conférencier qui propose de porter atteinte au mariage, non plus dans ce qu'il a de sacré, d'universel et de nécessaire, mais dans ce qu'il offre de variable selon le temps et de particulier selon les nations,—l'âge requis, les formalités, le consentement paternel,—aussitôt on interpellera, l'orateur, on l'accusera de «toucher à l'institution de la famille» et de compromettre par là l'équilibre de la société.

Voilà donc une opinion reçue: sympathiser avec l'adultère, ce n'est pas «toucher à l'institution de la famille», mais vanter, par exemple, les droits du mariage à vingt ans sans le consentement des ancêtres, c'est «toucher...» etc.

Et l'importance de cette expression se déduit du principe connu: la société repose sur la famille.

Soit. Admettons ce dernier axiome pour juger de la thèse tout entière. Les théoriciens ne s'entendent point sur les caractères de la famille idéale; mais tout le monde est d'accord sur la valeur relative des sociétés, puisque le concours des peuples se poursuit au grand jour, depuis le commencement de l'Histoire. Les sociétés saines, comme les individus sains, se reconnaissent à leur survivance et à leur développement. Si donc, et je le veux bien, la société repose sur la famille, on peut juger par évidence que la famille la mieux organisée est celle qui a permis le développement de la société la plus prospère.

Celle-là, tout le monde la peut nommer. Britannique ou américaine, la race anglo-saxonne possède le monde depuis cent cinquante ans; nulle part nous ne pourrons trouver un aussi parfait exemple d'une société à succès; nulle part il ne sera donc plus intéressant d'étudier l'organisation de la famille et son recrutement par le mariage, considéré comme institution fondamentale de la société.

Si, du premier coup d'œil, nous constatons que les Anglais et les Américains accordent à la cérémonie nuptiale toute les facilités que nos lois lui dénient, il faudra bien en conclure que notre Code civil a été limité par des précautions vaines, puisque les codes voisins, plus libres, ont permis en même temps une croissance nationale et une activité universelle que nous n'avons pu dépasser.

Or, aux États-Unis et en Écosse, les libertés du mariage sont telles qu'on ne pourrait les rêver plus grandes. Un homme et une femme échangent leur serment devant un témoin, quel que soit ce témoin, et la loi les regarde comme mariés.

Selon la volonté des parties, le mariage est laïc ou religieux, civil ou familial, clandestin ou public: il est toujours valable. Il est toujours légitime.

Aucune pièce n'est exigée. Aucune preuve écrite du mariage ne le sera plus tard. La parole du témoin suffit; et, si ce témoin est mort, la parole des époux.

D'ailleurs, toutes les garanties civiles peuvent être données aux conjoints, mais seulement sur leur demande et dans la limite de leurs désirs.

Un mariage secret, immédiat, gratuit et sans entraves,—le mariage de Roméo et de Juliette,—est considéré comme inattaquable, d'Édimbourg à San-Francisco, et on ne nous dit pas que la solidité du lien familial en soit compromise, ni qu'Aberdeen croupisse dans l'anarchie, ni que l'abomination de la désolation soit l'état moral de Louisville (Kentucky).

Un peu moins libérale que l'Écosse et la plupart des États-Unis, l'Angleterre a donné, vers 1836, quelques formes obligatoires à l'union légale, mais avec quelle réserve encore, et quelle largeur de vues.

A quatorze ans, un petit Anglais peut épouser sa meilleure amie, qui en a douze. La loi n'y voit aucun inconvénient, et si les pères de ces enfants croient devoir protester, ne croyez pas qu'il leur suffise de prononcer un simple veto, comme en France. On leur demande leurs motifs; on les interroge, au besoin, devant les tribunaux, où les enfants ont le droit d'attaquer le refus mal justifié qui les sépare. Ceci se passe tous les jours à Londres, à Melbourne, à Bombay et à Liverpool, cités qui ne paraissent pas encore en décadence, et où le sentiment filial est aussi développé, dit-on, qu'à Montmartre ou à La Villette. La loi anglaise n'a jamais pensé que ce fût porter atteinte à aucune institution que de discuter la volonté d'un père le jour où son fils veut, à son tour, fonder une famille nouvelle.

Car c'est là le nœud de la question.

Quel est le parangon de la famille française?—La famille antique... réunion de familles groupées sous la main d'un Aïeul.

Et la famille antique n'est plus.

Nous ne sommes plus au temps où la descendance d'un homme s'abritait tout entière sous les peaux de bouc de la tente, assemblée autour du foyer, protégée par son Chef, son Maître, son Père.

Alors, en effet, et justement! le maître de la tente avait le droit de dire: «J'admets chez moi cette femme et non cette autre. Je gouverne ceux que je défends.»—Ce qu'un tel état social devait engendrer à l'époque moderne, on le voit aujourd'hui par le spectacle des sociétés nomades de l'Asie ou des pays maures qui sont tombées, une à une, sous la main des peuples libres. De même qu'au sommet de l'échelle nous avions trouvé les libertés nuptiales, de même, au dernier point de la décadence, nous trouvons la puissance paternelle à son comble: et cela n'est pas moins frappant.

Aujourd'hui, la famille se désagrège dès la naissance. Dans les milieux bourgeois, l'enfant vit jusqu'à sept ans avec ses bonnes, jusqu'à seize ans avec ses pions et, ensuite, avec... qui vous savez. De quel droit ceux qui l'ont exilé d'abord dans la lingerie, puis emprisonné dans l'atroce internat, avec la menace des maisons de correction, s'il résiste, de quel droit viendraient-ils, ensuite, non pas même discuter, mais briser d'un seul geste l'inclination de cet enfant, devenu homme, lorsqu'elle se manifeste si naturelle, si tendre, et vraiment si morale au sens vulgaire du mot? Où est le foyer patriarcal, la tente et le piquet, le troupeau commun? L'un habite Montluçon et l'autre Paris, si ce n'est Tananarive. Comment l'intérêt de l'aîné prétend-il balancer celui du plus jeune, celui de l'homme qui engage sa propre existence et peut, seul, décider de la valeur de son choix? Si le fils se marie sottement, le père en rougira; d'accord; mais le fils se sentira bien autrement atteint si le père, veuf, se remarie avec une femme indigne, et la loi ne lui donne nul recours[27]. D'ailleurs, demande-t-on au père de juger les projets de son fils? En aucune façon. Le silence suffit. Ce silence tient lieu de raisons. Ce silence vaut un arrêt. Cette abstention est un vote.

Eh bien, peut-être est-ce beaucoup avancer dans le sens de l'indulgence et de l'affection humaines, mais j'imagine que d'excellents pères, aussi bien parmi ceux qui cèdent que parmi ceux qui s'opposent, ne seraient pas fâchés de s'abstenir, purement et simplement, dans certains cas matrimoniaux. En exigeant leur consentement public et solennel, on les charge d'une responsabilité qui n'est pas toujours acceptée de bonne grâce. On les oblige à laisser de leur assentiment une preuve écrite et formelle qui est bien souvent gênante, et pour des raisons qui ne touchent point aux questions d'honneur. Certains Capulets aimeraient assez leur fille pour consentir à sa joie, s'il ne fallait ensuite avouer à tout Vérone qu'ils ont fait alliance avec la famille ennemie. La question qui leur est posée n'est pas:—«Autorisez-vous votre fille à se marier selon son goût?»—mais, aux yeux de tout le monde, celle-ci:—«Vous, Monsieur A..., député bonapartiste, prenez-vous pour gendre M. B..., fils d'un préfet du 4 Septembre?»—Tel qui répondrait oui à la première question répondra non à la seconde, et la loi qui la pose lui dicte son refus.

En 1792, le jurisconsulte Muraire, qui mourut plus tard premier président de cassation, écrivait:

Les droits du père ont leurs limites... Disons-le, messieurs, trop souvent les pères ne consultent que l'ambition dans le consentement qu'ils donnent au mariage de leurs enfants ou dans l'empêchement qu'ils y mettent. Si vous voulez que les mariages soient heureux, laissez la liberté des choix. Ainsi, en facilitant les mariages, vous les multiplierez, et vous ferez le bien de la société. En livrant l'homme plus tôt à lui-même, vous hâterez les progrès de sa raison.

Depuis un siècle, et davantage, ces paroles ne sont pas entendues. Il faut, je le crois, désespérer de les voir jamais obéies. On continuera, en France, à conclure les mariages à peu près selon la mode de quelques peuplades nègres: par voie d'achat entre deux familles. La volonté des jeunes amants restera chose négligeable, et impuissante contre celle d'autrui. Des milliers de couples charmants, en qui la nature avait mis ses affinités mystérieuses, n'oseront jamais joindre leur lèvres par-dessus la barrière des lois. Que de larmes! Que de sanglots à venir! Et chaque année, régulièrement, l'an prochain comme l'an dernier, quatre ou cinq cents jeunes filles de France se jetteront dans l'inconnu, la corde au cou, le poison à la bouche ou les bras vers la rivière, pour avoir entendu, un soir, le:

«Non! tu ne l'épouseras pas.»

18 décembre 1900.

## UNE RÉFORME DANGEREUSE

Pour faire plaisir à quelques-uns de ses subordonnés, le ministre de l'Instruction publique avait institué l'année dernière une Commission chargée d'examiner comment et dans quelle mesure l'orthographe pourrait être simplifiée.

Cette Commission vient d'achever ses travaux. Son président rapporteur, M. Paul Meyer, soumet un projet qui a l'ambition de métamorphoser 20 000 mots français et qui les rend pour la plupart méconnaissables.

Dans ses grandes lignes, la proposition ramène de huit siècles en arrière l'orthographe de notre langue et revient aux principes du moyen âge le plus archaïque.—C'est l'esprit du projet.—Je ne discuterai pas ses dix-sept articles mot à mot. Le rapport a été publié, et bien que l'importance du bouleversement soit partout dissimulée sous des artifices, elle ne saurait échapper à personne.

Écrire KEUR pour chœur, FAZE pour phase, JÈME pour gemme, ÈLE AN UT pour elle en eut et ainsi de suite pour 20 000 mots du dictionnaire, ce n'est pas réformer, c'est créer de toutes pièces une orthographe aussi barbare que celle de la Chanson de Roland, et destinée à être, comme elle, lettre morte pour les soixante millions d'hommes qui ont appris notre langue moderne en France ou à l'étranger.—Or, c'est ici que je voudrais appeler l'attention du lecteur; il n'y a pas de réforme plus facile a réaliser que la réforme de l'orthographe; c'est la plus agréable à un ministre parce que c'est la seule qui ne risque pas de soulever un incident à la commission du budget; et néanmoins il n'y en a guère qui puissent avoir de plus désastreuses conséquences pour notre mouvement intellectuel, et pour notre influence extérieure. La raison en est simple.

A qui n'est-il pas arrivé de prendre dans sa bibliothèque un Montaigne ou un Amyot, d'en montrer une page à un ami (ingénieur, architecte, officier... qui sait? littérateur peut-être) et de voir aussitôt un mouvement de recul, une main qui se lève, un visage qui s'écarte: «Non. C'est de l'ancienne orthographe. Je n'y comprends rien.» Dès aujourd'hui, le seizième siècle n'est plus connu que des curieux. La langue a peu changé depuis Mathurin Régnier; mais la masse du public ne sait plus traduire «Iay ueu» en «J'ai vu». Une réforme de l'orthographe à creusé ce fossé entre nos pères et nous.

Pourtant, auprès de la réforme artificielle et totale que médite M. Paul Meyer, les lentes transformations naturelles, qui ont évolué depuis trois siècles «ne sont que jeux de petits enfants». Si d'un trait de plume nous changeons, comme on le propose, l's en z, le g en j, le ph en f, le ch en k, l'x en s, etc.;—si, sous prétexte de simplicité, nous supprimons la moitié des lettres qui forment les mots les plus anciens et les plus usuels de la langue, nous obtiendrons une langue nouvelle en apparence, une sorte d'idiome factice, moins logique et plus difficile que l'esperanto. Il faudra choisir entre le français nouveau et le français d'aujourd'hui. Le peuple n'aura pas le temps d'apprendre à lire les deux. Les étrangers encore bien moins.

Dès lors, les générations de 1925, les hommes qui auront appris à écrire exclusivement avec la nouvelle orthographe pourront choisir entre deux solutions:—ou bien ils apprendront tout à la fois l'orthographe de M. Meyer et la nôtre;—dans ce cas, je ne vois pas comment la réforme projetée simplifierait les études;—ou bien ils se trouveront aussi dépaysés, aussi complètement impuissants devant un livre de 1904 que nous le sommes nous-mêmes devant une chanson de geste. L'espèce d'effarement que nous éprouvons devant le mot faze écrit par M. Meyer, notre mot phase le leur donnera en sens inverse, c'est l'évidence même.

Et alors l'immense patrimoine de science et d'érudition amassé par les deux derniers siècles et légué par eux à celui-ci, les millions et les millions de livres français qui représentent l'effort national jusqu'à l'heure actuelle et qui ont en puissance l'énergie pensante de la génération future, ces livres qui sont toute la fortune de l'instruction publique et le capital intellectuel de la France, nous les verrons bientôt interdits virtuellement à la jeunesse entière ou réservés à quelques chartistes qui joueront le rôle d'interprètes entre nous et nos petits-neveux.

M. Meyer ne mesure pas lui-même les conséquences de la réforme qu'il soumet et cela est assez naturel: toutes les orthographes lui sont familières; son métier est de déchiffrer. C'est pour cela qu'il a été créé, comme disent les bonnes gens, et mis au monde. Lire la même phrase écrite de deux façons, c'est un jeu pour lui; mais c'est une tâche, pour le commun des hommes, et comme nul n'accepte de lire en épelant, comme les deux tiers d'une lecture se passent à parcourir les pages inutiles pour arriver tout droit à la page nécessaire, l'obstacle de notre orthographe sera invincible pour ceux qui n'auront appris que la nouvelle et on ne le franchira pas. Je le répète, le trésor de nos bibliothèques publiques, tel qu'il est aujourd'hui amassé, perdra toute valeur pour la nation. Nos livres ne seront plus des instruments de travail.

On réimprimera, dit-on? Mais c'est une rêverie. On ne réimprimera pas la millième partie de ce qui est nécessaire à un travailleur. Quel que soit le champ de l'activité individuelle, quelle que soit notre profession, elle suppose toute une catégorie d'ouvrages fondamentaux, de «Dalloz», impossibles à remettre sous presse et qu'il est indispensable de connaître sous peine de rester plus médiocre. Si l'on ne peut plus les lire, ces ouvrages de fonds, il faudra bien se contenter des compilations hâtives que l'on fabriquera commercialement pour la circonstance et qui auront à peu près la valeur de manuels à l'usage des classes. La science française n'y résistera pas.

L'influence française non plus. Notre gloire à l'étranger est faite de notre passé. Montesquieu y tient plus de place que tous les auteurs vivants réunis. Si nous adoptons une orthographe radicalement différente de la sienne au point d'être méconnaissable, laquelle enseignera-t-on dans les lycées allemands? Je crois bien qu'il faut répondre: aucune. Les hommes qui dirigent l'enseignement à l'étranger voient dans l'étude du français un double avantage: une littérature ancienne utile à connaître, une langue moderne utile à parler. Le jour où ils seront forcés de faire choix entre l'une et l'autre, ils trouveront facilement ailleurs en Europe cette double qualité que nous aurons perdue à leurs yeux. Nulle part, est-il besoin de le dire, on n'enseignera les deux orthographes, celle de Voltaire et celle de M. Meyer. Ce jour-là, ce sera la fin de notre expansion intellectuelle.

Et pourquoi risque-t-on une si grosse partie? dans quel but? quel est le dessein des initiateurs?

La réponse est écrite en tête du rapport: «Direction de l'Enseignement primaire.»

Si la Commission ne craint pas de jeter ce trouble irréparable dans les développements de la pensée française, c'est pour qu'en rentrant chez lui, après avoir conduit son école au certificat d'études, l'instituteur puisse s'écrier: «Tous mes élèves ont fait leur dictée sans faute!» Il n'y a pas d'autre motif sérieux. C'est afin d'améliorer l'orthographe des écoliers qu'on se propose de rendre inintelligible pour eux tout ce qui a été imprimé jusqu'à notre époque.—Mais supprimez donc la dictée de ces bambins! Oui protesterait? Nous? certainement non. Eux?—Les instituteurs restent seuls à conserver aujourd'hui la superstition de la dictée correcte. Cette question de l'orthographe les hante, et avec eux, les universitaires. Puisque d'un accord général on reconnaît qu'elle fait perdre aux petits écoliers un temps qui pourrait être mieux employé, à d'autres études, supprimez la dictée des examens primaires. La réforme aura contre elle quelques maniaques, mais la France entière l'approuvera.

On invoque une deuxième raison: avec une orthographe simplifiée, notre langue serait plus facilement apprise par les étrangers. Je viens de dire comment les étrangers ne l'apprendraient plus du tout, si facile qu'elle fût. Terminons: il faut répondre à cet argument, non par une théorie, mais par un exemple.—L'orthographe la plus simple et la plus logique du monde, est celle de l'italien. La plus compliquée, la plus irrégulière, la plus contraire à toutes les lois de ce qu'on pourrait appeler la phonétique internationale de l'Europe, n'est-ce pas celle de l'anglais?

Or, l'anglais, sans changer une lettre à son orthographe classique, est parlé aujourd'hui par 180 000 000 d'hommes, dont 150 000 000 gagnés depuis un siècle. L'italien n'est parlé nulle part en dehors de la Méditerranée, et là même il perd du terrain; il en perd en Égypte, il en perd dans le Levant, il en perd en Provence. Jadis compris par tous les lettrés de France, l'italien nous est devenu inutile. Et à quoi lui sert la simplicité de son orthographe, si personne ne prend plus la peine de l'apprendre?

La réforme soutenue par M. Meyer a été accueillie par un tolle chez les écrivains. Je ne puis reproduire ici les noms de tous les littérateurs qui ont voulu signer le manifeste de protestation et je m'honore d'avoir été le premier à signaler dans la presse ce véritable péril français.

Notre science est faite de tout un passé qui s'élève jusqu'à nous et qui nous soutient par la masse énorme de ses travaux. C'est le sol sur lequel vivra la France future. Deux siècles communiquent ensemble par le Livre. Aucune raison ne peut justifier la rupture de cette communication vitale. C'est là qu'est le danger, et c'est là le terrain sur lequel il faut se placer pour résister à la dangereuse réforme que je ne sais quelle coterie d'instituteurs et de paléographes nous propose.

1904.

## LA VILLE

## PLUS BELLE QUE LE MONUMENT

Si l'informe Campanile qui vient de tomber en poussière n'avait jamais existé dans le flamboyant décor vénitien et si un malheureux architecte eût proposé de bâtir cette cheminée quadrangulaire entre la place Saint-Marc et la Piazzetta, nous aurions en entendu de beaux cris chez les amis de la vieille cité rouge: «C'est un crime! une infamie! c'est un sacrilège artistique! on défigure Venise! on écrase San-Marco! on écrase le Palais des Doges!...» Et alors nous comprendrions les clameurs comme les grincements de dents. Rarement un édifice plus laid fut élevé sur une place publique. Il était mal conçu, mal construit, mal placé. Il avait trop peu de base et trop de couronnement. Il était surmonté d'un ange en forme de cigogne qui ne symbolisait rien dans la ville du Lion. Il haussait au hasard sa masse aveugle et sèche, avec une disproportion déplorable par rapport aux monuments d'alentour. Enfin, il était quelconque, dans une ville où rien n'est indifférent. Désormais, il n'existe plus, et l'on parle déjà de le réédifier.

Pourquoi?

Rappelez-vous tout ce qui apparaît comme à jamais inoubliable dans la brume où se confondent les «souvenirs de voyage».

Est-ce tel monument romain, telle église picarde ou telle mosquée d'Orient? Allons donc! c'est une rue verte, un carrefour imprévu, un détour de canal entre deux murs cassés, une collaboration de la nature et de l'homme, où la nature, peu à peu, envahit et enveloppe la pierre. C'est encore une voie antique et surpeuplée, irrégulière, biscornue, multicolore, retentissante, un ruisseau de vie dont les hautes berges se sont amoncelées sous l'effort d'une race, une rue aussi belle qu'un être vivant, une rue qui n'est pas la fille d'un architecte, mais l'œuvre d'une population.

Il y a dans certaines villes jusqu'ici préservées, il y a de ces rues extraordinaires, remarquables tantôt par leur fourmillement et tantôt par leur silence, car la variété des villes est infinie. Remparts déserts, ruelles vives de faubourgs, ombres de cathédrales, impasses bleues, quais penchants, c'est de vous que nous revient sans cesse la réminiscence triste et tendre qui traîne devant nos yeux clos les admirations passées.

Votre beauté est si complète, et naturellement née que le monument est obligé de se conformer à elle et qu'il lui doit la plus large part de l'émotion latente qui palpite dans ses marbres. Le monument n'est beau qu'autant qu'il participe à la vie qui l'entoure ou à la nature qui le soutient. La lagune fait le Palais des Doges, l'Acropole fait le Parthénon; la lumière fait toute l'Italie, je dirais presque tout le monde antique. Entre l'obélisque de Paris et son frère resté à Louxor, il n'y a plus ressemblance aucune, et c'est miracle que le nôtre ait su prendre une beauté nouvelle en abandonnant sur la terre égyptienne tout ce qui lui donnait signification et grandeur.

Ainsi, l'esthétique d'un palais dépend de ce qu'on pourrait appeler l'âme de la ville. Vous vous rappelez quelles protestations ont surgi récemment à Paris lorsque l'on a cru (peut-être à tort) que certain projet de pont menaçait la vue de la Cité. Ce n'était pas que les pétitionnaires fussent émus d'admiration devant les lignes du Pont-Neuf; ce n'était pas non plus que les maisons de la place Dauphine eussent les caractères des chefs-d'œuvre; mais la Cité est le cœur de Paris; il n'en reste à peu près rien que cette pointe occidentale; tout ce qui était notre berceau a été jeté bas depuis cinquante ans; Notre-Dame, entre l'Hôtel-Dieu et la caserne, a presque l'apparence d'une église moderne construite en faux style gothique, depuis qu'on a élagué autour d'elle la futaie de vieilles maisons qui lui donnait la vie. Quelques artistes ont voulu sauver le peu qui demeurait encore du Paris spontané, personnel et survivant.

Eh bien! ce trésor des villes, le quartier antique ou moderne où elles ont poussé selon leur destin ou selon leur génie voilà ce que les guides n'indiquent point et ce que les touristes n'ont pas tous le loisir de chercher eux-mêmes. On pousse le voyageur vers un but unique: le monument, toujours le monument. Peu importe aux Joanne et aux Baedeker que telle église soit à sa place ou qu'elle semble dépaysée: il suffit qu'elle soit monumentale pour qu'on vous y conduise de force. Peu leur importe que tel quartier populaire et jardinier soit pour le passant qui le traverse un paradis d'émotions neuves, de surprises, presque d'amour: s'il n'a point d'architecture, personne ne daignera vous l'indiquer du doigt. C'est ainsi qu'on entend un voyage artistique au début de notre jeune siècle.

Nous possédons ici même, en plein Paris, un hameau à peu près inconnu malgré son nom illustre, et qui est la Butte. Les guides, si vous les consultez, vous mèneront au Sacré-Cœur avec les explications que comporte une pareille visite. Ils vous diront aussi qu'une maison, place du Tertre, reçut une plaque commémorative. Ils vous diront aussi qu'on appelle «Montmartre» dans la conversation courante un boulevard extérieur semé de cafés chantants. Mais ne comptez pas qu'ils vous dévoilent ce qui est l'âme de Montmartre; ils ne vous diront point qu'au sommet de la Butte, à l'écart de tout ce qu'ils vous montrent, il y a un très petit village, dessiné par trois rues: la rue de l'Abreuvoir, la rue des Saules, la rue Girardon. Là-haut, c'est la pleine campagne: jardins, murs décrépits, sentiers, silences, cris d'oiseaux. Ni trottoirs, ni pavés. Jamais une voiture. A peine un passant. Quelquefois, un chat qui saute par-dessus l'herbe. Et si l'on s'avance jusqu'à la limite de ce hameau perdu sur sa colline déserte, on découvre, à ses pieds, un nuage de brume grise ou bleue, un océan de villes entr'aperçues qui, depuis les villas de Colombes jusqu'à la hauteur de Nogent-sur-Marne, nourrissent et emprisonnent quatre millions d'hommes.

Ceci est unique au monde.

Maintenant, vous pouvez construire là, ou démolir pierre à pierre tous les édifices qu'il vous plaira, remplacer la vieille église par le Sacré-Cœur, le Sacré-Cœur par une Madeleine ou une Tour Eiffel, cela est indifférent aux artistes. Montmartre est un hameau vert, assiégé par quarante centaines de mille êtres humains. Il est à lui seul toute la paix des champs, dominant |a bataille des villes. Nul autre patelin n'est situé de la sorte, comme une île des airs, au-dessus d'une tempête, et nulle part ailleurs le calme et les prés, nulle part la solitude n'ont, par opposition, cette suprême valeur. Ceci demeurera pur tant que la rue des Saules restera intacte. Le jour où elle sera envahie par les maisons de rapport, ce jour-là Montmartre disparaîtra, quels que soient d'ailleurs ses monuments publics si chers aux Baedekers et à leurs lecteurs.

Or, entre toutes les villes qui obtinrent sur le globe ce don exceptionnel, la personnalité, Venise est peut-être la plus douée, la plus singulière. Elle est extra-terrestre. Elle est la seule incomparable. On l'a dite à la fois la Cité des Eaux, la Cité du Silence, la Cité du Rouge. Rien de ce qui lui appartient ne pourrait être ailleurs la richesse d'une autre. Elle possède, inutilement, l'une des merveilles de l'art humain: l'intérieur de Saint-Marc; et elle est elle-même tellement merveilleuse que Saint-Marc se fond dans son glorieux ensemble au point qu'on arrive à douter s'il orne sa beauté ou s'il lui doit la sienne. Venise plane comme le grand oiseau dessiné par le poète, entre deux océans. La gamme de couleurs où elle est baignée est d'une somptuosité que l'on ne peut décrire. Depuis le rouge et l'or jusqu'au violet céleste, toutes les teintes frappent ses murailles avec une largeur et une pureté splendides. C'était la seule excuse du Campanile tombé, de recueillir parfois, à cent mètres au-dessus du niveau des eaux, certaines nuances flottantes dans l'air supérieur... Mais quelle monstrueuse et barbare construction il dressait là, au coin de ces deux places délicates! Comme il chargeait de sa masse indue la muraille rouge du palais oriental et les cinq coupoles rondes de la mosquée chrétienne! Comme il était inutile, encombrant et inesthétique! On va le réédifier... Pourquoi?

Parce que le Campanile possède le privilège universellement reconnu aux seuls monuments historiques; parce que ni loi ni opinion ne défendent contre la pioche des démolisseurs ni la rue vénérable ni le jardin nouveau; parce que les municipalités s'imaginent préserver le caractère de leurs villes en laissant subsister quelques tours vétustes, sans comprendre que l'âme des cités ne perche pas sur les girouettes, mais palpite au sein des rues.

Venise aura le sort d'Alger, le sort de Santa-Lucia: on démolira maison par maison tout ce qui fit sa beauté antique. On a déjà troublé les eaux du Grand Canal avec les roues violentes des bateaux à vapeur. Un jour, par mesure sanitaire, on comblera tous les canaux. Il y passera des tramways de banlieue, c'est-à-dire des trains de cinq voitures. C'en sera fait pour toujours de tes trois beautés, Cité des Eaux, Cité du Rouge, Cité des Soirs Silencieux; mais les ineffables, touristes ne songeront pas à en gémir pourvu qu'entre la place Saint-Marc et la Piazzetta de Venise se dresse un Campanile tout neuf: doublement abominable.

19 juillet 1902.

## LA STATUE DE LA VÉRITÉ

Une intéressante polémique est engagée depuis trois mois entre chercheurs et curieux sur un mystère bien singulier de la morale artistique. Voici l'origine de la discussion:

La Diane de Houdon, l'une des statues les plus classiques de l'école française, aurait été refusée au Salon de 1777.—A quel propos? Houdon était Prix de Rome, membre de l'Académie: en son temps comme du nôtre ces titres-là suffisaient, semble-t-il, à dispenser les sculpteurs de l'examen préalable.

Sans doute. Aussi n'est-ce point à des raisons esthétiques que nous voyons attribuer le refus, mais à des raisons morales.—Voilà qui est encore plus extraordinaire. La Diane de Houdon est nue, mais si décente! L'enseignement des Beaux-Arts l'a toujours proposée comme le modèle typique de la nudité chaste. Cette figure est par excellence la statue de la Pureté. A force d'être vierge, elle est froide. Que peut-on bien lui reprocher, au nom de la pudeur même dont elle est le symbole?

Presque rien, mais quelque chose. La Diane de Houdon fut écartée du Salon parce que l'académicien qui l'avait faite si pure s'était cru permis en un point... «une certaine liberté de détail», comme dit si bien Lady Dilke[28] en rapportant cette anecdote.

La hardiesse de l'innovation épouvanta. Les mœurs du dix-huitième siècle et le censeur qui parlait pour elles, opposèrent le respect du marbre aux déplorables exemples de sa petite sœur la terre cuite. On refusa le chef-d'œuvre.

Et après le scandale, savez-vous qui l'acheta, cette statue inexpressible? L'histoire est assez bonne vraiment et sa morale obtient une moralité.—La Diane fut achetée par une femme. Mieux que par une femme, dirait M. Rostand: par une impératrice. Mieux que par une impératrice, eût dit Voltaire: par Catherine II.

Le marbre original de Houdon est aujourd'hui exposé à Saint-Pétersbourg, au musée de l'Ermitage. Quant à nous, et par la faute d'une irréparable pruderie, il faut nous, contenter de posséder au Louvre un mauvais moulage on bronze d'une œuvre perdue pour toujours. Encore le moulage n'est-il pas exact, car avant de passer la Diane au plâtre; une main pudibonde nivela, par l'introduction d'un peu de cire, le détail le plus féminin. Désormais, la pauvre Olympienne porte un maillot comme un modèle de carte postale illustrée.

L'effet est littéralement monstrueux, et j'emploie ce mot dans le sens de tératologique. Le cas relève du scalpel. Mais les visiteurs du Louvre ne semblent pas s'en étonner autrement et j'en connais qui, plus volontiers, blâmeraient une représentation moins étrangère à la nature.

«Pourquoi ce qui n'a jamais choqué les habitants de Pétersbourg choquerait-il les habitants de Paris?». La question a été posée en ces termes par un des collaborateurs de l'Intermédiaire.

Pourquoi surtout,—je voudrais élargir la discussion—pourquoi l'usage a-t-il prévalu de représenter l'homme tel qu'il est, et la femme telle qu'elle n'est pas?

L'usage est bien inconséquent. Nous vivons parmi des éducateurs qui regardent la différence des sexes comme un redoutable mystère dont la jeunesse ne doit pas être informée. En fait, les jeunes filles l'ignorent quelquefois; les collégiens jamais. Logiquement, on pourrait donc mener une classe de rhétorique devant la Diane de l'Ermitage sans que les élèves en fussent plus savants;—et, par contre, il faudrait enfouir dans les souterrains du Louvre les nudités masculines qui décorent les jardins publics sous l'œil curieux des écolières.

Est-ce que ce ne serait pas le bon sens?

Vous vous préoccupez surtout de garantir l'ingénuité des jeunes personnes—et vous postez à la porte du Luxembourg, où les mères sont forcées de passer pour mener leurs filles au jeu, un jeune homme nu comme un ver et complet comme un amant.

Tout au contraire vous êtes certains que vos fils sont informés et vous ne permettez même pas que dans le Salon de sculpture (c'est-à-dire dans un lieu clos où vous êtes parfaitement libres de ne pas conduire vos enfants) les artistes exposent des Vénus vraisemblables,—lesquelles d'ailleurs n'apprendraient rien, ni à vos fils parce qu'ils savent, ni à vos filles, et pour cause.

C'est le comble de l'illogisme et de l'extravagance.

A une coutume si singulière, on a cherché des antécédents qui l'expliquassent.

Car il s'agit d'une tradition, cela est bien entendu. Si l'art venait de naître, nous adopterions sur ce point un principe conforme à l'idéologie de la vie contemporaine, et nettement opposé au précédent.

Cette tradition, certains ont cru pouvoir en fixer l'origine chez les Grecs, de qui notre art descend et s'inspire. Rares, il est vrai, sont les Aphrodites sexuées: cela tient d'abord à ce que les Grecs représentaient volontiers la déesse dans une attitude naturellement chaste, qui dissimulait la difficulté par un certain recul et une inclinaison; mais il s'en faut que la règle ait été générale, comme le croyait Quatremère de Quincy, et qu'une Aphrodite au corps droit soit toujours incomplètement femme. Jamais les Athéniens n'ont légiféré sur cette question. Les Lacédémoniens eux-mêmes se permettaient d'être exacts: on conserve au musée de Sparte, dans la salle de gauche, près de la porte, une figure de grandeur naturelle qui en est un bel exemple[29]. Ailleurs, une statue de premier ordre et de la meilleure époque grecque, dont nous possédons—la une excellente réplique alexandrine femme nue vulgairement appelée la Vénus de l'Esquilin—suffirait de nos jours à disculper Houdon. Sa vérité anatomique est exacte.

Et combien de statues analogues ont été brisées au marteau par le vandalisme chrétien! Si les Vénus pudiques étaient décapitées, que ne faisait-on pas des autres! Celles de ces dernières qui nous sont parvenues sont presque toutes archaïques parce que la terre de l'oubli les recouvrait déjà et les protégeait à l'époque où les Polyeuctes massacraient les déesses jusque sur les autels. Les vases et les statuettes de terre que nous retrouvons dans les tombes inviolées nous laissent un meilleur témoignage, plus fidèle et plus complet, de ce que permit l'art grec depuis son origine jusqu'à son déclin.

Non, la loi dont nous parlons ne s'est pas imposée en Grèce. Elle n'appartient pas davantage aux deux autres grands pays qui pourraient partager avec elle l'honneur d'avoir créé une esthétique humaine, et qui se rapprochent à travers les âges par la perfection de leur goût: je veux dire l'Égypte et le Japon. A Memphis comme à Kioto, nul n'a jamais eu la pensée de mutiler une femme nue avec l'audace de nos contemporains.

De même, les primitifs de toutes les écoles européennes ignoraient cette altération, que leur public n'eût pas comprise. On sculptait des Èves naturelles aux portails des cathédrales. Sainte Marie l'Égyptienne était peinte sans détours sur les plus vieux vitraux des églises de Paris et sur les miniatures pieuses des livres d'heures, en regard d'une prière ou d'un évangile. Les cuivres du moyen âge, les bois anciens, les ivoires, puis, au XVIe siècle, les faïences décorées, les estampes de toutes sortes et de tous pays, certaines statuettes et peintures témoignent de la même liberté[30]. La Renaissance allemande, loin de réagir, pose cette tolérance en principe. Dürer l'applique dans son enseignement[31]. Son ami, Peter Vischer, sculpte une Vénus qui est toujours exposée en Allemagne, et qui devance de deux siècles «l'innovation» de Houdon. Nous exposons nous-mêmes au Louvre une Pandore, une Maternité qui appartiennent à la même école, et qui, pour être sexuées, ne sont nullement licencieuses.

Un art entre tous gardait le privilège de la sincérité dans le détail des figures nues: la gravure. On peut affirmer que depuis l'invention de l'estampe jusqu'au XIXe siècle la majorité des graveurs fut hostile à toute suppression. Le chef-d'œuvre de l'invention décorative sous le règne de Fontainebleau, le Livre de la Conqueste de la Toison d'Or, par René Boyvin et Léonard Thiry, pourrait illustrer le sujet à toutes ses pages, s'il en était besoin. Encore, en 1609 et en 1617, lorsqu'il s'agit d'élever à la poésie française un monument définitif, en publiant les œuvres complètes de Ronsard, le graveur du frontispice, Léonard Gautier, burine sous le buste du poète une grande Naïade debout, dont l'exacte nudité ne sera couverte que plus tard, par une retouche dont il faut retenir la date: 1623. C'est la date du Procès des Satyriques.—Pendant deux siècles, les graveurs vont protester contre une rigueur nouvelle qui trouble évidemment leurs traditions particulières. Certains vendront sous le manteau leurs estampes nues, plutôt que de les altérer. D'autres tireront pour eux et pour leurs amis un état découvert de chaque planche, un état «avant la draperie», selon la coutume du XVIIIe siècle. Mais la rigueur ne se relâcha point, et elle n'a pas encore disparu après deux cent quatre-vingts ans. «1623» est une date de démarcation très nette entre la liberté du nu féminin et sa contrainte.

Il est donc bien établi que jusqu'au règne de Louis XIII il a été licite en France de peindre l'homme et la femme avec une égale exactitude; et que depuis cette époque la représentation de l'un des deux sexes est interdite, tandis que celle du second demeure autorisée.—De raison à cet arbitraire, on n'en donne pas, il n'en existe aucune. C'est ainsi, voilà tout.

D'ailleurs, on se garde bien de créer au Louvre un musée secret pour les Baigneuses de la Galerie d'Apollon, pour les terres cuites grecques de la première salle, ou pour les ivoires de la collection Sauvageot. Tout est libre, hors l'art moderne. Ce qu'on permet à Peter Vischer, on l'interdirait à Rodin. Le dernier musée important que l'on ait ouvert à Paris, celui de M. Guimet, a décoré ses grandes surfaces murales avec des copies de peintures égyptiennes, où les femmes ne portent point le maillot couleur de chair que nos peintres sont toujours contraints de leur donner; il expose dans ses vitrines certaines déesses gréco-orientales qui réalisent à l'extrême la vérité physique de la femme; le public ne proteste pas.—Dès lors, au nom de quels arguments défendrait-il à un imitateur les libertés de ses modèles officiels? Pourquoi ces deux poids et ces deux mesures? Pourquoi exposer ce que l'on condamne, condamner ce que l'on expose, offrir enfin le même objet d'art en exemple si l'artiste est mort, en exécration s'il est vivant?

Une pareille antinomie ne s'explique ni ne se défend. On finira bien par le reconnaître. Les idées du public français, qui déjà commencent à évoluer sur plusieurs questions artistiques, achèveront de se laisser convaincre. Publier la nudité de l'homme, et expurger celle de la femme, c'est simplement obéir à deux traditions aveugles, irraisonnées, contradictoires, et dont nous ne savons même plus déterminer le dessein. Nos sculpteurs adopteront un principe moral uniforme, et comme l'esprit parisien ne permettra jamais qu'on affuble d'un caleçon le Génie de la Bastille ou l'Apollon de l'Opéra, il est superflu d'énoncer plus clairement laquelle des deux théories finira par prévaloir.

**LA CENSURE**

La Censure vient d'être atteinte par un vote de la Chambre.

Elle durait depuis si longtemps qu'on pouvait la croire immortelle comme M. Wallon. C'est une des singularités de notre esprit que plus les hommes et les choses vivent et plus nous les croyons solides pour l'avenir. A l'annonce de la nouvelle, on a pu voir dans le public un mouvement général de surprise.

Dire que cette surprise a été mélancolique ce serait farder la vérité. Il est des institutions qui exhalent l'antipathie comme un parfum naturel. La Censure n'était pas aimée. Un ne la dit encore que malade; mais quel que soit le respect dû à son grand âge, on espère bien qu'elle va trépasser.

Nous ne la regretterons pas, pour une première raison: c'est qu'elle était inutile.

Tous les écarts de langage ou de sujet qu'elle avait mission d'empêcher sont, en effet, punis par les lois, et parfois même avec une sévérité extrême. Outrage aux mœurs, outrage envers les souverains étrangers, diffamations envers les particuliers ou les membres du gouvernement: tous ces délits correspondent à des articles du Code pénal et des lois usuelles; leurs auteurs sont passibles de prison et d'amende; ils peuvent être condamnés à des dommages-intérêts sans limite: c'est-à-dire que sans le concours de MM. les censeurs, un directeur de théâtre, un dramaturge et une troupe d'acteurs peuvent être, au gré du tribunal, déshonorés ou ruinés.—N'est-ce pas suffisant?

Un second motif pour lequel la Censure ne sera pas pleurée, c'est qu'elle s'exerçait d'une façon qu'on s'accorde à juger extraordinaire.

Ses rigueurs frappaient de préférence les grands théâtres, ceux dont le public se compose d'hommes indifférents et blasés, que l'action dramatique n'émeut guère et qui n'écoutent pas toujours ce que l'auteur voudrait leur faire entendre.

Ses indulgences couvraient de leur protection les revues et les chansons des cafés-concerts, qui s'adressent précisément au spectateur dont l'âme est la plus naïve et la plus malléable. C'est ainsi que la Censure comprenait sa mission morale et politique.

Prenez dans votre bibliothèque une des pièces imprimées depuis vingt ans «avec les passages supprimés» et comparez ce qu'on interdit aux bons auteurs avec ce qu'on permet aux pires. Lisez ces phrases entre guillemets, jugées dangereuses pour la morale publique et rappelez dans votre souvenir les scatologies que vous avez entendu chanter ailleurs, dûment visées par la Censure et protégées par la police. On corrige les meilleurs; mais qu'un chansonnier présente un jeu de mots platement obscène, sans goût, sans esprit, et surtout sans littérature, la bienveillance du censeur lui est assurée. On protège les étrangers contre les pièces à thèse qui attaqueraient leurs pays, mais une basse injure à l'adresse d'une nation amie passe comme un simple sourire sous les yeux du correcteur.

Il y a deux ans, j'entrais par hasard dans un établissement des Champs-Élysées. Les journaux du soir annonçaient l'interdiction d'une pièce qui aurait pu éveiller les susceptibilités d'un pays voisin. Je levai les yeux vers la scène, elle était couverte de drapeaux et d'uniformes étrangers. On jouait une revue militaire bafouant une série d'alliances que la presse nous avait promises quelques semaines auparavant. Un officier russe, un officier italien, un officier espagnol, tous trois en grand costume, et suivis de leurs couleurs, venaient chanter sur les planches les couplets les plus outrageants pour leurs pays. C'était en été: les étrangers emplissaient la salle et, entre Français, nous nous demandions pourquoi la Censure avait reçu le droit d'interdire les tragédies de M. de Bornier, si les questions de convenances internationales étaient à ce point ignorées d'elle.

Ici, les censeurs n'avaient pas seulement laissé faire, ils étaient protecteurs et complices, puisque, d'après la loi, ils signaient le manuscrit. Cette signature étant une sauvegarde pour la direction du théâtre, celle-ci n'avait pas hésité à monter la pièce. Il est probable qu'elle y aurait regardé à deux fois, si, après l'abolition de la Censure, l'auteur avait exposé la maison à un procès diplomatique.

Mais comment toutes les complaisances des lecteurs officiels ne seraient-elles pas acquises aux théâtres bouffes? Les censeurs eux-mêmes écrivent pour les petites scènes qu'ils sont appelés à morigéner.

L'un d'eux (il est toujours en fonctions) est l'auteur d'une petite pièce qu'il a intitulée: la Noce à Mézidon... Charmante qualité d'esprit!... Et voici un spécimen de son talent poétique. Je puis bien citer ce couplet puisqu'il a été lu un jour en pleine Chambre des Députés[32]:

L'Amour, c'est un érysipèle,

Quand ça démange il faut s'gratter.

C'est com' le chien de Jean d' Nivelle

Qui se sauv' quand on veut l'app'ler.

Ça vous fait l'effet d'un clystère,

Ça fait du mal et puis du bien.

Pour s'en guérir, y a rien à faire,

Ça vous tient bien quand ça vous tient.

Oh! oui! l'amour est un clystère.

Voilà.—C'est l'auteur de ces vers qui est chargé d'expurger Edmond de Goncourt et de surveiller Paul Hervieu lequel ne saurait faire jouer une pièce sans la soumettre au préalable à ce juge.

Le couplet que je viens de copier a reçu le visa de la Censure. Parbleu! Anastasie avait eu pour lui toutes les indulgences d'Oronte. Cette poésie était signée d'elle.—Et dès lors, comment les sympathies de la vieille dame n'iraient-elles pas tout droit à ses confrères les plus proches, ou, pour mieux dire, à ses maîtres?

Réformer cela? Changer les hommes? Il est inutile d'y songer. Ceux-là valent leurs prédécesseurs et vaudraient leurs remplaçants. On perdrait son temps à vouloir réformer une institution qui est traditionnellement incompétente et malfaisante. La Censure royale a combattu Molière, Racine, Sedaine et Beaumarchais. La Révolution interdit Horace, Andromaque, Phèdre, Macbeth, Henri VIII et brûle la partition de Richard Cœur de Lion, suspecte de royalisme. Dès la Renaissance romantique on arrête Marion Delorme, le Roi s'amuse et même Hernani dont l'interdiction n'est levée que sur un ordre formel du roi. On persécute le Chevalier de Maison-Rouge, les Effrontés, les Lionnes pauvres, Diane de Lys et la Dame aux Camélias. Depuis moins d'un siècle la Censure s'est battue contre Victor Hugo, Dumas père, Dumas fils, Émile Augier, Ponsard (Ponsard lui-même!) Legouvé, Balzac, Déroulède, Erckmann-Chatrian, Meilhac et Halévy, Jules Claretie, Victorien Sardou, Paul Adam, Edmond

Haraucourt;—Voilà ceux contre qui la censure fait usage des armes qu'on lui a données.

Depuis son origine jusqu'à l'heure actuelle, son histoire n'est qu'une lutte acharnée contre les meilleurs de nos écrivains. Parmi ceux que je viens de citer, tous les morts ont déjà leur statue. Ils sont vengés, dira-t-on? Il est bien temps! Que savons-nous si les tracasseries, si les persécutions qui les arrêtèrent n'ont pas étouffé dans leur cerveau l'idée du chef-d'œuvre qui était en eux et qu'ils ont renoncé à écrire devant la certitude du veto? Que savons-nous si cette espèce de tiédeur que nous reprochons aujourd'hui à Ponsard, Augier ou Scribe, n'est pas due pour une part à l'influence stérilisante qu'exerça la contrainte officielle sur leurs esprits? Qui nous dira le drame prodigieux que Victor Hugo aurait pu écrire en 1855, s'il n'avait été pour longtemps excommunié de la scène française?

Ceci est inexplicable: vers le milieu du siècle, notre littérature, livresque, est à son apogée; elle est faible au théâtre. Pourquoi?

Il y a eu près de nous une école dramatique étrangère, qui fut illustre et qui a cessé de l'être. L'exemple que donne son histoire vaut mieux que toutes les théories, car son développement a procédé par révolutions brusques et sa montée comme sa chute sont nettement déterminées par des causes très bien connues.

Sous le règne d'Élisabeth, le théâtre anglais était libre, en fait. Il dut sa grandeur à cette liberté. Shakespeare naît au milieu d'un mouvement dramatique considérable, qui n'a pas d'égal chez les peuples contemporains et qui ne semble pas avoir été dépassé, même par nous. Libre, ce théâtre l'est de toutes façons: les pièces de Beaumont et Fletcher, de Marlowe, Massinger, Webster ont une franchise de langage qui n'offusque pas alors le public, mais dont nos censeurs actuels seraient horrifiés. Leurs auteurs les concevaient ainsi. On leur laissa la bride sur le cou. La gloire littéraire de leur pays grandit dans cette indépendance qui est la bonne terre des écrivains.

Après une réaction puritaine qui dura peu, la Restauration anglaise rendit aux auteurs dramatiques la liberté. Une nouvelle école naquit, presque aussi remarquable que son aînée, possédant même certaines qualités de finesse et d'esprit que la précédente n'avait pas au même degré, et cette fois poussant à l'extrême les hardiesses de parole et de situation. Congreve et Wycherley ne pourraient être joués à notre époque sur aucune scène parisienne, mais on connaît assez le rang élevé qu'ils occupent dans leur littérature nationale.

Tel était l'éclat de la scène britannique, lorsqu'un brave homme, un honnête protestant nommé Jeremy Collier, publia une simple brochure sur l'immoralité des spectacles, une Courte Vue, comme il l'intitulait lui-même sans ironie. Son intention était excellente: il ne voulait pas éloigner, mais réformer les dramaturges, et remplacer les bonnes pièces licencieuses par des pièces morales non moins bonnes.

Il tua le théâtre anglais.

L'effet de la brochure fut immense. Toutes les libertés de la scène disparurent, et avec elles le talent des auteurs. Ceux-ci renoncèrent bientôt à la lutte, cessèrent d'écrire, et pour la grande école théâtrale qui depuis cent cinquante ans faisait l'orgueil de Londres, ce fut la mort sans autre phrase.—Elle ne devait jamais renaître.

Nous n'en sommes pas là. Néanmoins l'exemple vaut qu'on le médite un instant.

Une école dramatique n'est vraiment grande que si elle a devant elle la libre expansion. L'expurger, c'est l'appauvrir. La gouverner, même de loin, c'est encore nuire à sa beauté.

Que la Censure meure donc du coup qu'elle a reçu. Puisse le théâtre éprouver à son tour le bienfait des libertés plus larges dont la littérature ressent l'heureux effet depuis un quart de siècle. Et qui pourrait se plaindre de voir certains auteurs hausser le ton de leur dialogue? Personne n'est forcé d'aller les entendre. Si l'on y va, c'est qu'on le veut bien. Le lendemain du jour où la Censure serait abolie, une scission diviserait tout naturellement les scènes parisiennes. Les unes prendraient soin d'avertir les familles que les petites filles sont reçues à l'entrée. Pour les autres, celles où l'on représenterait Shakespeare sans coupures, chacun serait libre de s'en écarter.

On verrait pourtant, je le sais bien, des gens s'y rendre tout exprès, pour être scandalisés, et pour en gémir. Grévin qui était si bon psychologue nous a laissé un dessin où se cache toute la moralité de ces petites pudibonderies.—Une dame et une jeune fille s'accoudent sur un balcon. A l'extrémité de la rue se passe vaguement une scène banale qui pourrait être légère:

—De si loin, ma chère enfant, je ne crois pas que cela puisse vous choquer.

—Oh! si, madame, avec une lorgnette.

## LE BOULEVARD

Le soir où Tortoni ferma ses portes, j'assistais à cette fin célèbre. J'étais venu là en curieux, pour voir disparaître le vieux romantique.

Comme je sortais le dernier, quand l'heure fatale sonna, le propriétaire de l'établissement m'offrit (en souvenir du défunt) le carton de lecture qui avait enveloppé l'Illustration, et qui portait en lettres d'or sur le plat de molesquine noire ces deux mots historiques: «Café Tortoni». Puis, comme un homme qui prononce une phrase définitive, il dit en versant des larmes:

—Monsieur, le Boulevard est mort.

Le pauvre vieillard blasphémait, car le Boulevard est immortel et son caractère principal est justement la persistance. Il est à l'épreuve du temps et des hommes. Les démolisseurs eux-mêmes ne réussissent pas à le défigurer. On a jeté bas la moitié de ses maisons pour construire des hôtels modernes, des théâtres, des maisons de banque ou d'assurance; on a renouvelé toutes ses boutiques, changé ou supprimé tous ses restaurants et il semble que cette transformation perpétuelle soit nécessaire à son existence comme le labourage régulier est nécessaire à la vie d'un champ. Plus on le bouleverse et mieux nous comprenons que sa personnalité est invulnérable.

D'où vient donc cette suprématie qu'il exerce depuis un demi-siècle sur l'opinion de Paris et sur les esprits de tous ceux que l'âme parisienne inspire et domine? D'où vient qu'en un temps où la vie mondaine s'est éloignée d'une lieue vers l'ouest et environne le bois de Boulogne, l'arbitre des élégances reste immuablement à sa place, entre la Madeleine et la Bourse?

Qu'est-ce que le Boulevard? Est-ce le cerveau de Paris? Non, certes.

Paris enferme une cité intellectuelle qui s'étend de l'Institut vers le Panthéon, et du Palais de justice à l'Observatoire. Ses habitants ne passent les ponts qu'en voyage. Ils vont parfois jusqu'aux musées du Louvre, jusqu'à la Bibliothèque nationale; mais le Boulevard ne leur appartient pas. Ils s'y promènent en étrangers, comme s'ils venaient de plus loin que New-York, et avec un sentiment de défiance à l'égard des passants qu'ils croisent. Leur costume est exotique, leur barbe date d'un autre âge, leur voix n'est rien dans la voix ambiante, qui s'inquiète rarement de leurs idées, plus rarement encore de leurs personnes. Et cependant le cerveau de Paris est fait de leur multitude. Il faut chercher ailleurs notre définition.

Qu'est-ce que le Boulevard? Est-ce le centre du mouvement et de la vie? Pas davantage.

Pris en bloc, Paris a deux foyers, d'où sa force rayonne: la place du Châtelet, qui doit au voisinage des Halles sa prodigieuse circulation, et la place de la République, qui est le forum industriel de l'immense ville. Ici Paris travaille, là il se nourrit; Les manufactures se sont groupées par une élection naturelle entre les grandes gares du Nord, de l'Est, du Paris-Lyon Méditerranée et d'Orléans. Les Halles ont grandi où elles devaient croître, au point central de la ville. Le boulevard de Sébastopol et la rue de Turbigo sont donc, et peut-être à jamais, nos deux artères vitales. L'exode de la société riche vers les quartiers occidentaux n'a presque rien attiré sur ses pas. Il faudrait des événements extraordinaires, comme la création du port maritime projeté à Saint-Ouen, pour faire dévier par influence les grands courants actifs de la force parisienne... Mais le Boulevard est bien loin de ces fleuves nourriciers. Où prend-il la source de son énergie?

Est-il situé,—comme s'exprimait une annonce fameuse,—au centre des affaires et des plaisirs?

Des affaires, assurément non. La Bourse des valeurs est à l'extrême limite de son parcours, et la Bourse de commerce lui échappe tout à fait, de même que la Banque de France, les Finances et l'Hôtel de Ville. Des plaisirs? c'était vrai jadis. Aujourd'hui, les Champs-Élysées, Montmartre et le bois de Boulogne offrent des plaisirs plus nouveaux, et souvent plus recherchés que les siens. D'ailleurs, il est singulier que l'animation du Boulevard atteigne son maximum vers cinq heures du soir, heure où tous les théâtres sont clos, et où il n'est pas d'usage de se jeter dans la vie joyeuse...

Ainsi, voilà un coin de ville que rien ne paraissait destiner à sa fortune éclatante, une avenue étroite et médiocre, plutôt laide, assez mal bâtie, plantée de mauvais arbres, éloignée de tous les parcs et jardins publics, privée même du moindre square où ses promeneurs pourraient chercher l'ombre et les bancs de leurs rendez-vous,—et c'est là que palpite le cœur de Paris. Cette avenue quelconque, c'est le Boulevard tout court, la voie la plus illustre qui soit au monde. Qui à fait le miracle?

La Presse.

Car si le Boulevard n'est le centre ni de la pensée, ni du mouvement, ni de la vie, ni des affaires, ni des plaisirs parisiens, il est le centre des nouvelles, et voilà pourquoi la ville y afflue.

En un siècle où les journaux disposent d'une puissance formidable, le quartier où ils s'impriment est devenu sans autre effet le premier quartier ce Paris.

Cinq heures. Les feuilles du soir paraissent. Les feuilles du lendemain se composent. La foule arrive. Elle lit et elle interroge. Ce que Paris saura le lendemain, le Boulevard le sait la veille. Il a cette force: le renseignement. Et dès qu'il tient un fait, il le juge. Il est à lui seul l'opinion publique pendant la soirée tout entière.

Tous ceux qui, par intérêt, par crainte ou par désir sont anxieux de la nouvelle imminente et de l'opinion qui l'accueillera, ceux qui espèrent et ceux qui appréhendent, les confiants et les timorés, tous les curieux et les ardents appartiennent à ce trottoir gris où la manne des nouvelles se quémande, se donne ou s'échange, se vend et s'achète perpétuellement. Le Boulevard, c'est la Bourse des potins,—et de l'histoire.

Il a les privilèges de savoir d'abord, et de savoir mieux; car tout se dit, si tout ne se publie pas. Pour lui, les initiales n'ont pas de mystères. Il sait qui est M. G..., M. N... et Mme de X. Il connaît le nom et l'adresse du «haut personnage compromis», comme aussi de la «dame voilée». Si les journaux suppriment les détails d'une affaire par prudence ou par pudeur, le Boulevard les rétablit. Si un financier suspect s'attribue, à coups de réclame, une prospérité factice, le Boulevard le démasque, et s'abstient. Pas une campagne qu'il ne pressente, pas un mouvement d'opinion qu'il n'ait d'avance mesuré dans son étendue et ses conséquences. Il est l'observatoire du monde invisible.

De toutes parts la Presse l'entoure et l'envahit: c'est sa conquête. Elle possède la place et l'avenue de l'Opéra, la rue Richelieu, la rue du Croissant, la rue Montmartre et le faubourg Montmartre, la rue du Helder et la rue Drouot, la rue Réaumur et la rue Lafayette. Sur le Boulevard elle est dans ses murailles. C'est là qu'elle se retranche et se concerte. Le reste de la ville n'est que son champ d'action; le Boulevard est sa forteresse. Elle l'a voulu à son image. Dans le langage contemporain, elle et lui sont synonymes. Elle lui a donné son caractère, ses mœurs, presque sa physionomie. Elle seule l'a créé tel qu'il est; elle seule pourrait le tuer, en l'abandonnant.

De là vient que le Boulevard se transforme selon les jours et non selon les années. Tel il était, il y a vingt ans, tel nous le revoyons aujourd'hui, mais dans l'espace d'une nuit, il se métamorphose. Il a ses marées et ses tempêtes.

La monotonie générale des autres voies parisiennes est une règle à laquelle il ne se soumet point. Une rue est toujours semblable à elle-même. Lui, jamais. Certaines avenues connaissent leurs jours de fête, les Champs-Élysées ont leurs Grands Prix, les boulevards extérieurs leurs semaines de foire; mais cela aussi est une monotonie que chaque année ramène à des dates prévues. Lui, il change tout, à coup, comme la mer, sous une rafale.

Ce soir, il est calme. Il se promène et s'amuse. En l'absence des inquiétudes, il joue à l'esprit. Il invente des mots. Les passantes l'intéressent. Les modes l'occupent. La voiture nouvelle d'une actrice est l'événement de la soirée. Une femme qui passe avec un inconnu fait hausser les têtes des hommes et chacun raconte son histoire ou développe sa légende. On entoure les colonnes Morris, on considère les étalages, on lirait presque les affiches tant cette fin de jour est désœuvrée.

Et puis, voici un remous de la foule; des gens se pressent, des crieurs hurlent, les transparents des journaux s'allument: une dépêche grave, un événement. C'est l'orage. En un instant, le Boulevard est devenu noir.

Alors toute la ville accourt vers lui, inquiète, furieuse ou enthousiaste. Les trottoirs débordent, la voie est envahie. Les camelots, suants et haletants, jettent à la foule des centaines de feuilles blanches, imprimées d'encre fraîche et pas même pliées: on les voit voler de groupe en groupe comme des oiseaux annonciateurs. Les petites baraques des journaux sont assaillies, cernées, vidées. Mille têtes levées guettent le transparent où apparaîtra le second télégramme. La Presse tient cette multitude dans sa main. Pendant ces heures-là, elle est investie d'une puissance souveraine. Un article écrit sur un coin de table, composé à la hâte et livré au peuple, soulèverait la ville, d'un seul cri.

## LE CAPITAINE AUX GUIDES

Le vieux Professeur Chartelot se redressa de toute sa haute taille comme s'il allait prédire la vie ou la mort d'un malade; il tira sa montre et, la considérant avec ses yeux de presbyte:

—J'ai le temps de vous raconter cela, dit-il; mais ne me laissez pas manquer mon train. Je dois parler demain à l'Académie.

Nous l'entourions dans un coin de parc devant une maison de campagne où nos amis l'avaient appelé en consultation. Un diagnostic très rassurant nous laissait l'esprit assez libre pour apprécier le talent du causeur après avoir admiré la perspicacité du savant; et nous l'écoutions avec un vif sentiment de l'honneur qu'il nous faisait en nous racontant ses souvenirs.

—Oui, fit-il, j'ai toujours pensé que le véritable confident des femmes, c'est le médecin et non l'abbé. Sur chacune de nos clientes, sur tout ce que le monde ignore d'elle, nous en savons beaucoup plus que le directeur de sa conscience. Les mœurs ont marché depuis les Grecs, chez qui tant de malheureuses mouraient en couches, parce que les sages-femmes étaient interdites par la loi et parce que les femmes honnêtes ne voulaient pas toujours se montrer aux accoucheurs. Aujourd'hui... je ne veux pas dire que toute pudeur ait disparu, ce serait absurde; mais si, devant un médecin, le sentiment des convenances fait encore baisser les yeux, il ne fait plus baisser la chemise, et c'est en cela que nos contemporaines ne ressemblent pas exactement à la femme de Xénophon.

Autant la santé du corps est un bien plus réel, plus pressant et (pour quelques-unes) plus certain que le salut éternel, autant les femmes viennent à nous avec un désir plus sincère, et plus ardent d'être exaucé. On nous permet tous les examens; on nous pardonne toutes les questions. Le confesseur ne pénètre pas dans le secret de la vie conjugale: ce détail n'étant pas le péché, n'est pas soumis à la pénitence; mais, comme il est la santé, il est soumis à la médecine. A d'autres égards le confesseur doutera toujours au milieu des aveux incomplets qu'il entend. La preuve n'est pas admise au confessionnal. Sur le lit de la malade, elle est entre nos mains. Ce n'est pas pour nous qu'est écrit le fameux verset de Salomon sur la trace invisible de l'aigle dans les cieux et du jeune homme chez la jeune femme. «La femme mange, et s'essuie la bouche, puis elle dit:—Je n'ai point fait de mal.» Elle le dit à d'autres qu'à son médecin.

Somme toute, il ne nous manque guère que l'aveu de la faute en soi, du péché en tant que péché. Cet aveu-là serait, en apparence, identique à celui que nous entendons, puisqu'il est d'abord l'exposé du même acte et puisque, au surplus, c'est toujours la crainte qui le provoque. Qu'il s'agisse de sa guérison physique ou de son salut, la femme redoute la mort dans le premier cas, l'enfer dans le second, et c'est un égal sentiment d'épouvante qui la pousse à livrer son secret. Eh bien, en fait, les deux aveux sont assez différents de caractère, néanmoins. Si laconique que soit celui dont nous ne sommes pas les confidents, il est, comment dirai-je? plus joli. La pénitente ne s'avoue pas qu'elle est contrainte et forcée par l'idée des peines éternelles. La chère petite sait qu'elle doit se repentir, et, pendant une minute, l'illusion du remords se fait réalité. Je vous en parle ici en connaissance de cause, car le hasard a voulu que je fusse, un jour, et médecin et confesseur: doctor in utroque, comme disaient nos pères.

Il y a une vingtaine d'années, j'étais appelé d'urgence dans une famille protestante pour soigner une femme de trente ans que j'avais vue naître, ou à peu près. J'entre. Je trouve une maladie à début dramatique: 40° de fièvre, trois heures après le frisson et le claquement de dents. Un point de côté devint bientôt sensible. Dans la soirée, il avait beaucoup augmenté. La toux était forte, la respiration haletante et rapide, les crachats visqueux et sanguinolents: bref, une belle pneumonie.

Le lendemain, la température se maintenait à 40°; le surlendemain, elle approchait de 41°. Vous voyez d'ici le mari affolé, la vieille bonne en larmes, et la mère s'accrochant à mes bras: «Sauvez-la! sauvez-la!» Je ne sais si toute cette émotion avait été entendue par la malade, mais je trouvai celle-ci dans un état d'abattement qui n'était pas seulement causé par la fièvre.

Dès que je fus seul avec elle:

—Je vais mourir, n'est-ce pas, docteur?

—Allons donc! pour un accès de fièvre!

—Dites-moi la vérité, je vais mourir, n'est-ce pas? C'est pour aujourd'hui?

—Vous n'êtes pas même en danger.

—Ah! vous ne me parlez pas sincèrement... Je sens bien que je m'en vais... Je suis déjà plus qu'à moitié morte... Si ma fièvre continue ainsi, je ne passerai pas la nuit, docteur, je n'ai plus la force de respirer...

En péril, certes, elle l'était. J'essayai pourtant de la rassurer; ce fut peine perdue. Elle se voyait mourante, et rien de ce que je pus lui dire ne lui donna même un éclair d'espoir.

Plusieurs fois elle répéta, avec sa voix grave de calviniste résolue à tous les courages:

—Je mourrai cette nuit... Je mourrai cette nuit.

Mais tout à coup sa vaillance l'abandonna. Elle poussa un soupir aussi profond que l'état de ses poumons le lui permettait, et murmura en levant les yeux:

—Les catholiques sont bien heureuses!

—Vous dites?

—Les catholiques sont plus heureuses que nous! Le jour où le Seigneur les rappelle à lui; leurs derniers moments sont des instants de joie... Elles sont lavées du péché... Elles sont délivrées du remords...

Voulait-elle se convertir?

—Vous aurez le temps d'y penser, lui dis-je, quand vous serez guérie.

—Guérie... Ah! mon Dieu!... Guérie!

Elle laissa retomber sa tête sur son oreiller, et presque aussitôt une quinte violente suspendait une conversation que je ne tenais pas à prolonger.

Je me levais... Elle parla encore.

—Oh! la joie d'avouer... d'avouer enfin!

—Des peccadilles!

—Un aveu terrible... vous ne savez pas.

—C'est de l'imagination!

—J'ai trompé mon mari.

Cette fois je me rassis, complètement égaré.

Au cours de ma carrière, je me suis trouvé être le témoin où l'acteur de scènes bien singulières, mais celle-là est assurément l'une des plus «fortes» dont j'aie conservé le souvenir.

Elle joignit les mains tout à coup, et les souleva au-dessus du lit.

—Oh! laissez-moi vous dire... vous dire tout... avouer ma faute... pendant que je puis encore parler... Je ne sais pas si la religion romaine est celle que j'aurais dû suivre... mais je sais du moins... je sens que si quelque chose peut racheter mon crime... si je puis l'expier à ma dernière heure... c'est par la honte de cet aveu!

—Calmez-vous, je vous en conjure!

—Non, ne m'interrompez pas, je soulage mon âme, en vous parlant ainsi... Je me sens moins criminelle de tout ce que j'ose vous dire.

—La plupart des femmes ont plus ou moins trompé leur mari, madame. L'Évangile, lui-même, leur a pardonné...

—Aucune n'a trahi, comme moi dans la seule faute de ma vie, un mari si bon, si parfait...

—Une seule faute? Ce n'est pas un péché, c'est à peine un instant d'oubli.

—Écoutez-moi... Pendant la dernière année de l'Empire... Un de mes cousins, capitaine aux guides...

—Un capitaine aux guides, madame! quelle circonstance atténuante!

J'essayais de l'apaiser ainsi par des arguments que je prenais moi-même pour des balivernes, et qui n'arrêtèrent pas une fois le flot de ses paroles imprudentes.

Elle parlait avec faiblesse, mais dans une exaltation qui s'amplifiait de phrase en phrase... D'ailleurs, sa confession n'était pas bien grave. Les effets du remords dépassaient de beaucoup les détails de la faute; je regardais, plus que je ne l'écoutais, cette pénitente in partibus, qui me prenait pour un vicaire.

Le capitaine aux guides avait une moustache blonde; je me rappelle trop bien ce détail qu'elle me répéta souvent. Un matin, il avait emmené, sa cousine aux hasards d'une promenade à cheval. Ils avaient gagné la forêt voisine. Cette forêt avait des fourrés, des buissons, de la mousse fraîche (on était à la fin de mai). La moustache blonde s'était plusieurs fois rapprochée... Vraiment «le fond des bois et leur vaste silence» étaient les seuls coupables de cette pauvre aventure.

Je donnai l'absolution.

En quittant la malade, j'aperçus debout, dans la salle à manger, le troisième héros du roman: je veux dire le cher mari.

Rapidement, j'eus la vision de ce qui allait suivre: je vis cet homme sur le point d'entrer dans la chambre de la confession, et sa femme lui tendant les bras: «Pardonne-moi!... je suis une misérable!...» toutes phrases parfaitement inutiles si la mort devait s'ensuivre, et fâcheuses à plus forte raison si la malade en réchappait.

—Défense d'entrer! lui dis-je nettement, même si elle vous fait appeler. Elle a un peu de délire, ce soir, elle a besoin de repos. Laissez la nuit passer. Vous la verrez demain matin.

Huit jours plus tard, elle entrait en convalescence. On ne saurait penser à tout.

Jusqu'à la fin du mois, j'eus le plaisir de présider à son lent rétablissement. Il est inutile de vous dire que je ne lui parlai plus du capitaine aux guides, et que les confidences n'eurent pas de lendemain. Guérie, elle ne me demanda pas la note de mes honoraires, car, depuis sa première enfance, je la soignais en ami...

M. Chartelot suspendit sa phrase, toucha du pommeau de sa canne ses vieilles lèvres bien rasées qu'un sourire amincissait:

—Et je ne la revis plus jamais, dit-il en levant les sourcils. Elle prit un autre médecin.

## UN CAS JURIDIQUE

## SANS PRÉCÉDENT

La bibliothèque de M. le Président Barbeville était le lieu de ses délices. Il l'appelait: ma garçonnière.

Tous les matins, il y montait, familièrement, en robe de chambre. Délaissant un cabinet où il n'avait plus rien à faire, depuis que l'âge de la retraite l'exilait du tribunal, M. le Président Barbeville gravissait d'un pas encore vif un petit escalier de pierre en colimaçon qui le menait au dernier étage, et jamais il n'ouvrait la porte, sans un sourire de contentement.

Le trésor de ses livres était éclairé par un vaste reflet de verdure. A travers les petits carreaux d'une grande fenêtre Louis XIV, on voyait flotter au dehors la fraîcheur des feuilles nouvelles. Deux marronniers dépassaient de la cime le toit du vieil hôtel rouge. Le soleil ne pénétrait pas à travers leur épaisseur, mais ils jetaient sur le tapis une ombre claire et mouvante qui donnait à cet ermitage quelque chose de pastoral.

Assis dans un grand fauteuil à pupitre dont le modèle lui avait été communiqué par Mgr le duc d'Aumale, le bon M. Barbeville posait son crachoir à gauche, son porte-cigarettes à droite et son livre devant lui.

Il avait la passion des livres. C'était même la seule passion que la Faculté lui permît, encore qu'il fût très capable d'en éprouver plusieurs autres et qu'il en fit, de loin on loin, la juvénile expérience. Mais ces expériences-là devenaient peu à peu, sinon pour lui difficiles, au moins toujours plus imprudentes, et pour rassurer son médecin, il ouvrait enfin plus souvent un vieux livre qu'un jeune corsage.

Un matin, comme il terminait la lecture d'une curieuse plaquette acquise la veille, son médecin vint le voir en ami.

—Mon cher, vous arrivez bien, dit le vieillard d'un ton réjoui. J'ai une question à vous poser, et vous serez bien malin si vous savez me répondre, car c'est un point de jurisprudence sur lequel, avant de lire ceci, j'eusse donné ma langue au chat.

—Oh! je me récuse!

—Attendez. Il s'agit de mariage, et si la question est de droit, elle est d'abord de médecine comme vous le verrez par la suite. Mon cher, je n'ai jamais rien vu, ni lu de plus extraordinaire. Depuis cinquante-deux ans, je suis abonné à la Gazette des Tribunaux et aux suppléments du Dalloz; j'ai entendu moi-même des milliers d'affaires; on m'a conté les anecdotes juridiques les plus cocasses de notre temps; mais rien qui ressemble à ceci. Vous m'en voyez stupéfait.

M. le Président Barbeville s'enfonça dans son fauteuil, mit ses mains dans les manches de sa robe de chambre et formula lentement la question suivante en articulant chaque terme avez précision et netteté:

—Comment un mariage régulier, conclu avec le consentement des deux parties, peut-il entraîner, par des nécessités immédiates et inéluctables, de la part de l'un des conjoints et avec la complicité de l'autre, les crimes de rapt, de séquestration, de proxénétisme, d'attentat à la pudeur, de viol répété, d'inceste, d'adultère et de polygamie?

Effaré au début de l'énumération, le médecin finit par éclater de rire.

—Notez bien, poursuivit M. Barbeville, notez bien que je vous ai dit: par des nécessités immédiates et inéluctables. En effet, ce ne sont point des faits subséquents ni soumis à l'initiative de l'un des époux. A l'instant même où a lieu la consommation légitime de ce mariage, tous les crimes contre les mœurs se trouvent perpétrés à la fois! et ni l'un ni l'autre des conjoints ne peut empêcher qu'il n'en soit ainsi, ou alors il leur faut renoncer à s'unir.

L'ami du Président resta quelque temps méditatif, puis il demanda:

—C'est un conte de fées?

—Nullement. Rien n'est plus authentique. L'histoire est possible, vraisemblable et vraie. J'irai plus loin: si le cas est unique à ma connaissance, il est évident qu'il a eu dans le passé plusieurs précédents que j'ignore, et il se représentera dans l'avenir, n'en doutez pas un instant. En effet, la situation de la jeune fille ne lui est pas particulière; et l'aventure ne dépend pas du fiancé: n'importe quel homme à sa place eût traversé les mêmes épreuves.

—Alors expliquez-moi. Je ne devine pas du tout.

—M. Barbeville commença ainsi:

—Vous devinerez dès le premier mot. Une Italienne de Paris accoucha un jour d'un enfant double. Ces couches étaient clandestines et la sage-femme qui les soigna n'eut garde de communiquer le fait à l'Académie des sciences. L'enfant (une ou deux petites filles, selon qu'on l'examinait par le haut ou par le bas) avait deux têtes, quatre bras, deux poitrines, un ventre commun et deux jambes seulement. Il était double jusqu'à la ceinture et simple de là jusqu'aux pieds. Le cas n'est pas absolument rare, si je ne me trompe?

—Non. Surtout chez les mort-nés... Continuez. Désormais, je vous suis.

—Mais on en connaît qui ont vécu?

—Plusieurs.

—Ce furent donc, si l'on peut dire, des monstres bien constitués, comme celui dont je vous entretiens. Citez-m'en un exemple.

—Ritta-Cristina, deux fillettes qui naquirent en Sardaigne, vers 1830. Elles ressemblaient beaucoup à la description que vous venez de donner; poitrine double, bassin commun. Leurs parents les amenèrent à Paris pour les offrir en spectacle, mais les autorités jugèrent l'exhibition contraire aux mœurs, et l'interdirent. La pauvre famille privée de ressources dut laisser les enfants dans une chambre sans feu où elles moururent d'une bronchite.

—On a fait leur autopsie?

—Oui.

—Leurs systèmes nerveux étaient distincts?

—Entièrement, sauf à la partie inférieure de l'abdomen dont les sensations étaient perçues par les deux cerveaux à la fois.

—Parfait! Vous allez voir combien votre exemple ajoute de force à mon récit.

Le vieux Président mit une longue cigarette dans un tuyau d'écume, l'alluma et reprit avec animation:

—Les deux petites filles de mon Italienne furent déclarées sous les noms de Maria-Maddalena. Elles vécurent. Leur mère ne les montrait point, mais les élevait très tendrement. Elles eurent une croissance régulière, une puberté normale: bref, à seize ans, c'étaient deux adolescentes fort jolies, malgré l'étrange union de leurs beautés. Si la queue de la sirène ne l'empêcha pas de séduire les hommes, nous ne devons pas nous étonner que Maria-Maddalena aient troublé le cœur d'un amant.

A vrai dire, toutes deux furent éprises; Maddalena seule fut aimée. Un jeune homme devint amoureux de celle-ci; mais comme il était plein d'égards pour l'autre, les sœurs crurent partager un commun amour et elles y répondirent ensemble avec tout le premier feu de leur jeunesse nouvelle. Malheureusement l'illusion ne dura guère. Le jeune homme eut scrupule de la prolonger. Une lettre de lui, adressée un jour à «Mlle Maddalena», éveilla dans le cœur voisin les mille serpents que vous savez bien et lorsque la demanda en mariage fut présentée officiellement, Maddalena répondit oui, et Maria répondit non.

Instances, prières, tout fut en vain. La mère se joignit aux amants pour apaiser la récalcitrante et ne réussit pas davantage...

—C'est d'un comique extravagant! s'écria le médecin, secoué d'hilarité.

—Tragique, mon cher! Voilà une situation dramatique comme je n'en connais pas d'autre. Être sœur ennemie, rivale d'amour; se confondre pour moitié avec celle qu'on abhorre; être condamnée par la nature à voir toutes les caresses dont l'autre sera l'objet; que dis-je, à les voir? à les éprouver! et plus tard à porter le fruit d'un amant deux fois détesté! Dante n'a pas inventé cela, voilà qui dépasse en horreur les supplices des enfers chinois.

Donc,—et je reprends mon récit,—l'Italienne, résolue à marier l'une de ses filles malgré l'opposition de l'autre, s'en fut trouver le maire de l'endroit et lui demanda s'il consentirait à célébrer le mariage dans de telles conditions. Le maire, indécis, répondit que la question lui paraissait être d'une complexité sans précédent; qu'il ne se croyait pas autorisé à la trancher; que ses travaux quotidiens ne lui permettaient pas de faire l'examen juridique d'un litige aussi délicat; et qu'enfin il priait ses administrées de bien vouloir lui envoyer (à titre de consultation) deux avocats plaidant le pour et le contre.

—Et le procès eut lieu?

—Oui. Un procès privé, bien entendu; dans le cabinet du maire, sans autre assistance que les adjoints et le greffier.

L'avocat de Maddalena plaida le premier. L'exorde fut ironique, l'exposé du fait, facétieux. Il commença la discussion sur le même ton. Tour à tour, il invoqua l'article 1645. («L'obligation de délivrer la chose comprend ses accessoires») ou l'article 569, encore plus injurieux dans son application. Puis, cessant les plaisanteries, il posa le dilemme suivant: ou Maria-Maddalena comprend deux femmes distinctes et différentes, ou elle n'en forme qu'une. Dans le premier cas, il est évident que le consentement de la sœur n'est pas nécessaire. Dans le second cas, où l'on fait abstraction de la partie adverse, l'évidence est encore plus grande. Il développa et soutint cette dernière thèse. Jamais, dit-il, on n'a considéré, ni dans la réalité ni même dans l'imagination des poètes, que la multiplicité des membres multipliât les individus. Un veau à six pattes n'est jamais qu'un veau. Les cent yeux d'Argus n'appartiennent pas à cent personnes. Janus aux deux visages n'était qu'un seul dieu. Cerbère se dit au singulier malgré ses trois têtes infernales. Pourquoi Maria-Maddalena, physiquement indivisible, formerait-elle deux individus, puisque le propre de l'individu est, par étymologie, l'indivisibilité?

—Ha! ha! ha! fit le médecin, j'aime beaucoup ce raisonnement.

—D'ailleurs, poursuivit-il, et en admettant même que l'on pût soutenir la dualité des intelligences, nous n'avons pas à nous occuper ici de psychologie mais de mariage. Le mariage a un but précis que nous connaissons tous et que nul ne discute. Or, si Maria-Maddalena est venue au monde avec un cerveau double, elle est parfaitement simple au point de vue nuptial. De ces deux femmes, que vous distinguez jusqu'à la ceinture, l'unité d'organe ne fait qu'une seule épouse.

—Évidemment.

—L'avocat de la deuxième sœur répondit qu'il ne s'égarerait pas dans les digressions mythologiques où s'était complu l'adversaire et qu'il plaiderait pour le bon sens. Le seul fait que Maria et Maddalena sont en procès l'une contre l'autre, dit-il, prouve suffisamment qu'elles ne se confondent pas. Maria refuse de se marier. Si M. X... épouse sa sœur, ma cliente sera nécessairement enlevée: rapt, compliqué par la minorité du sujet, premier crime.—Enlevée, elle sera détenue malgré elle au domicile conjugal des demandeurs: séquestration, deuxième crime.—Là, notre mineure séquestrée sera contrainte d'assister à toutes les caresses intimes échangées entre les époux: outrage à la pudeur, exhibitionnisme, troisième crime.—Par la force elle sera mise au lit près d'un homme avec la complicité de Maddalena et dans l'intérêt de celle-ci: proxénétisme, traite des blanches, quatrième crime.—Malgré sa résistance indignée elle cessera d'être vierge en même temps que sa sœur, puisque sa conformation physique le veut ainsi: viol, cinquième crime.—Le coupable sera son beau-frère: inceste, sixième crime, non prévu par les lois, mais que je retiens néanmoins comme circonstance aggravante.

—Enfin, cet homme est un homme marié: adultère et septième crime.—Est-ce là tout? Non pas encore: le mariage de l'une détermine le mariage de l'autre jumelle, puisque toutes deux sont indivisibles, comme vous le démontrait mon confrère avec une lumineuse justesse de déduction. Vous êtes donc contraint d'inscrire à la fois sur deux états civils de femmes le nom d'un seul et même mari auquel vous n'épargnez le cas d'adultère que pour le précipiter dans celui de bigamie, devenir sciemment son complice et le suivre plus tard aux travaux forcés!

—Le jugement fut remis à huitaine?

—Oh! non. Le maire protesta sur-le-champ qu'il n'avait jamais songé à donner son assentiment et le mariage ne fut pas conclu.

—Dieu soit loué! dit gaiement le médecin.